山湖集

〖 2020年卷 〗

总编 杨灿明

主编 王 键

阿 毛

长江出版传媒 | 长江文艺出版社

编 委 会

总 编

杨灿明

主 编

王　键　阿　毛

编 委

（按姓氏笔画排列）

万　莉	王劲松	王　键	朱建业
阮世喜	吴德桥	阿　毛	杨灿明
陈　狮	胡德才	姜燕红	程韬光
程　峰	谢华扬	蔡　晖	翟俊武

目录 / contents

森 森

本名陈林海，"70后"，海南琼海人。海南省作家协会会员、中国诗歌学会会员。诗作散见《诗刊》《星星》《中华文学》《椰城》等刊物，并入选多种诗歌选本。曾获第二十八届"东丽杯"鲁藜诗歌奖。著有诗集《隔岸》。

进石头村

最初引起我惊奇的
是面前无处不在的黑色石头
这些千万年前火山岩浆留下来的产物
棱角分明，满身疤痕
它们被砌成一座座房子，垒成一堵堵围墙
更多的被埋在地下，或露出半截身子
在村巷内，我仿佛进入了石头阵
那些站立的，卧躺的，蹲坐的
石门，石凳，石臼，石磨，石碑，石雕
让石头复活，以另一种形态点缀人间
当我把手贴在粗糙的石面上
我看到在漫长的过程中，火慢慢地熄灭
那奔腾的血脉早已融入这片土地
成了地下甘冽的泉水
成了石缝里倔强地生长的草木
成了繁衍不息勤劳质朴的乡野村民
在一个夏日午后，我走进石头村
在充满古意的绿色中
我心安神定，仿佛归来

过琼州海峡

果然，尽管悲壮
或者血泪湿透半页史书
在琼州海峡两岸

我却找不到一丝渡海的痕迹
他们从哪里上船，又在哪里靠岸
那只小船的笔在大海铺开的纸张上
巍巍颤颤留下的轨迹
早被海风收藏进历史的某个角落
这些被贬的人们行色匆匆
在陌生之地迈出了艰难的步履
我看到他们每迈出一步
蛮荒就消退了十里
他们手执火把唱吟诗赋点燃了灶膛的火
也照亮了乡民们纯朴~怅然的脸
此时隔山隔海朝堂的喧嚣
已消失在清脆的流水和婉转的鸟鸣声中
每次通过琼州海峡，我都在想
这一次我是在替谁过的海
又在替谁还乡

谒调丰村古官道

这是我见过的最大的让步
黑褐色的石头，卧在地里，从自己的体内
为滚滚车轮，让出了一条道路

相互摩擦，相互挤对，甚至相互伤害
到头来，驮起了共同的繁荣
一辆辆沉重的牛车，辗破多少吆喝的嗓子

雪下不到雷州
却总有人抖落身上的雪，往返于州郡乡野

石头之上，少了朝堂的泥泞

静了。无法愈合的伤口，藏进温厚的泥土
才止住了外渗的血水
所有的杂乱，最终由草长莺飞来收拾

日光不问亲疏，一晃千年
我伸进石缝里的手，握出了探听的耳朵
听风轻轻吹过，似有物，又无物

注：调丰古官道遗址位于广东省遂溪县调丰村，是古代官方军需
物资运输、军队调防、官员谪迁、信件传送等的要道。

永兴岛

开在春天的浪花
沁人心扉又情意绵绵
只有大海才有如此宽阔的胸怀
把澎湃献给岛屿，把隐忍留给自己
在永兴岛，阳光似是从地里生长出来
灿烂耀眼，充满活力
热闹显得格外遥远
搁浅的渔船早已斑驳
木屋被小楼房遮掩后慢慢消失
只有逡巡的海风收藏起零散的记忆
这种孤悬海外的单调与宁静
宛如水中盛开的莲花
在风起云涌中安之若素
站在岛上北望，我看见蔚蓝的海水

它比地面还低的身子
一直延伸到远方广袤的土地

沉香花开

比浮动的暗香藏得更隐秘
那些被风折雷击虫咬人砍的苦难
伤痛之处
树脂是凝结的眼泪
芬芳的灵魂在上面跳动
千百年来
人们沉迷于众香之首的荣耀
想方设法让树体多了一处又一处疤痕
这踩在低微之上的高雅
剥夺了一棵树普通的自由生长
让永恒的颂歌延续千疮百孔的命运
在春末安静的斜阳下
枝头上乳黄色的沉香花正密密地开放
这纯粹的笑容
穿透了短暂的浮世清欢

蕨类植物

偶然看到晃动的绿
让我先是惊讶，再是惊喜，而后心痛
在十四楼的墙外，有几株蕨类植物
从水泥缝里长出来，羞答答地爬上我家窗台

它们栉风沐雨，生机盎然
这让我想起多年前的一个暑期，在乡下
每当我在房间里读书、写字
总会有一个小女孩扒在窗台外，不声不响
她衣着简陋，扑闪着一双大眼睛
我从她的呼吸里，感觉她的到来和离开
如今这些蕨类植物，让我看到那个小女孩
在某一段时间里，我们偶尔相望
心生怀想，却各自过着
互不相干的生活

屋檐角上的动物

老房子的庭院中
肃穆弥漫，那是一种时间筛出来的宁静
墙体斑驳，木质的门窗光阴流连
几只陈旧的小动物站在屋檐角上，姿势依然
表情模糊不清，它们定格在空间里
不能跑，不能跳，也不能飞
我说不出它们的名字
阳光和雨露，总是最先落在它们身上
才落人间。在这里，悲欢离合，枯荣盛衰
在它们的眼里，早已波澜不惊
它们点缀朴素的建筑，又被赋予了神圣职责
它们站在房子的高处，又被困在房子囚笼里
直至房屋轰然倒下
才一哄而散，不知所踪
每次站在老屋下，我都会不经意地抬头
仰望那些屋檐角上的动物

我感觉到有时候我也跟它们一样，看着这
热闹不足一墙高的人间，心清目明
却沉默不语

初　冬

叶子伸绿，小草藏枯
天空蓝得孤寂
路旁的羊蹄甲，一边开花，一边落红
远方的人传来寒冷的消息
球场上，一个少年在拍打篮球
他不时地跳起来，球飞了出去，再摔回地面
阳光躺在最低的地方
少年每一记砸向地面的球，都砸到了
阳光的脊背上
每一次不同频率的回响，都是顽皮的阳光
在替代那些销声匿迹的虫鸟们
发出的鸣叫

阴　影

入冬之后，我的房间窗户微开着
有好几次，几只小黄蜂不知怎么飞进房间
像是觅食，又像迷路
绕着天花板、墙壁、衣柜、窗帘
或者趴在透明的窗玻璃上
每一次我都尽快打开窗户，一只，一只

把它们引出窗外
一天中午，一只小黄蜂的尸体躺在窗台上
被阳光覆盖，苍白得像我的脸
而窗闭着
从那以后，每一次我在关窗之前
都要仔细四处查看
好像我是一个做错事的人

小青春

二楼小屋，陈旧，整洁
藏在一幢上个世纪的楼房里
水泥地板，墙面脱落，增加了时光的灰暗
夏日午后，校园宁静，连蝉鸣都没有
一个女孩伫立在窗前
调皮的风来回掀动薄薄的窗帘
轻轻地让羞涩的光进来，又退出去
楼下，好像有自行车的铃声由远及近
有人在叫女孩的名字，恍惚间
这从窗口涌入的斑驳
一下子灌满了女孩胸中的小青春

故　乡

我离开的这些年
是什么在利用时间来当掩护
悄悄地把一些人藏了起来

把房子和道路换了模样
幸好那些低头吃草的水牛
栏里叫嚷的猪以及摇着尾巴的大黄狗
它们和山坡上的橡胶槟榔
田野里的水稻和路边的椰子树一样
前赴后继，一茬接一茬
以不变的容颜守望着那片土地
在乡音的指引下
为我开辟了一条条回家的路

旧 屋

带着雨，回到空荡荡的旧屋子
我用二十年制造那里的旧
墙壁。楼梯。阳台。地板。水管。电线
磨损或脱落，风化或锈迹斑驳
我坐在角落把黑暗的神搂在怀里
淅沥的秋雨不能进屋
在外面，喊着我熟悉的名字
坚忍的声音撕开夜的口子
屋子慢慢亮堂起来
我看见那些静物还在原来的地方
女人在书房批改作业
男人抱着婴儿，在屋里走动
壁虎趴在窗棂上
一起搬走的小动物们也回来了
他们各忙各的，来来回回
竟没有发现，我安静地端坐在那里

谷 雨

雨水提前一天到来
窗户忘记关上
春风带着雨在窗里窗外窜来窜去
掉在地上的鸡蛋花
还挂着笑脸
稻禾已过膝高，青翠欲滴
雨后的布谷鸟抢走春末的麦克风
在枝头不停地歌唱
走在田埂上，我抬头望去
田野里有好多妇女正在弯腰除草
其中一个是我的妈妈

火山人家

意念中的火，并没有让人感觉到灼热
一个烈日当空的上午，在昌道村
我们站在伟岸的加布树下，感受微风的温柔
以及纯朴的乡音与笑脸
我们迈步之时，才发现早有成熟的黄皮
站在路旁，探出圆鼓鼓的脸
在绿荫下，我见到了熟悉的老朋友
肾蕨、益智、刺竹、石斛、金银花、桃金娘
又认识了一些新的朋友
豆蔻、释迦、倒吊笔、鸟巢蕨、牛大力
它们长势良好、无畏无惧，让我一度忘记

这块土地上，除了黝黑的石头
还是黝黑的石头
让我一度忘记，这满眼的繁华
是怎样从宋代开始，从石头缝里
掏出土壤与水分，掏出粮食和果蔬，掏出
一代又一代兴旺的子孙

木色湖

偏安一隅
是谁在执这一泓湖水
枕着群山的臂弯守望简单与静谧

呦呦鹿鸣绕不过起伏的山峦
水鸟低飞
啄不起落在湖面上的一片云
鱼儿的肩膀上面
成群的野鸭游出了草叶的姿势
村庄在不远处踮起脚尖
探出了青灰色的额头

空白有什么不好
虚拟的神话传说被风一吹就散了
把天空拉下来
在开阔的湖面上铺成纸张
也写不下一首动听的歌谣
一叶扁舟划出意象
碧波粼粼
泛的是一片片细碎的阳光

愚钝的风用木的颜色画山、画岸
画出了不变的四季
人世那么遥远
姑且让影子来说话吧
群山的倒影，牛羊的侧影
夕阳的剪影，垂钓者的背影
当说到乡愁
或许你的心会微痛一下

伸进暮色的堤坝
把湖水洗净的霞光轻轻弹去
坝边的良田沃土上，炊烟袅袅升起
这时候我真想如迂回盘旋的山风
悄悄潜进夜幕降临的小院
在微弱的灯光下饮浊酒千杯
然后沉醉中不知今夕是何夕

李鸿鹄

　　毕业于中南政法学院（今中南财经政法大学）法律系。曾任广东省高级人民法院审判长和审判员，广东省揭阳市中级人民法院党组成员、副院长、审判委员会委员。现为广东连越律师事务所创始合伙人，兼任广东省律师协会民事法律专业委员会副主任、广东省法学会法律风险管理研究会常务理事、广东省人民检察院人民监督员、广州市民商法学研究会常务理事、中国广州仲裁委员会仲裁员等社会职务。著有诗集《想暖暖而已》《美丽的河》等。

我低于一粒时间的尘埃

那些月光的种子是应该要遗忘的
风刮过满脸通红的果实
留下一片枯叶在雪中等待发芽
马在雪中漫步，咀嚼历史
我在混乱不堪的回首中
与消失的山河再次重逢
你说你像一条河流困顿于岁月的沙漠
在星星下落不明的另一端
我低于一粒时间的尘埃
低于一阵弯腰曲背的风
在漆黑中行走，像一束不受控制的光
这时原野换上雪的新装
青春依然在怯生生的土壤里潜伏
而遥远的灵魂
是雪的热爱难以抵达的边陲
对于辽阔的天空
雪是它在大地一无所获的痛哭
今夜，候鸟去了南方
它以羽毛引领的寒流
使旷野的光阴与泪水一样的匆匆
如果怀念是一种巫术
我宁愿选择放弃自己的喜欢
从黑夜开始，直至最后与时光分离

月光淋过的黑发白得雪亮

乌鸦般的人群如同扁舟
出没于城市的各个路口
风控制着他们的头颅——这些帆
其实是多余的，他们被浪
簇拥在斑马线上，小心翼翼
因为风搬不动
他们成为自由的路障
每个在风暴眼里的生命
可能是某个时间或时代的祭品
黑云压城，太阳被俘虏
暴风吹折了树木
也摧断了一些坚硬的骨头
除了狂野，除了桀骜不驯的血液
我梦见群山跟我一样
深入云端呼吸稀薄的氧气
月光淋过的黑发白得雪亮
人们在谈论生活
我不知道要谈论什么，只好在书中自满
在一杯烧酒里自鸣得意
在河流弯曲的地方，枕着雨声睡眠
今夜，我知道你也在哭泣
我唯一的思想
是接纳火山爆发前的沉默
当黑暗铺天盖地而来
夜，就像一双无形的巨手
打开我的身体，释放全部的光

青春只剩下甲骨文

星星融化了，月亮默默走过了悲欢
而夜的洞穴再没有了歌声
蜜蜂死于花蕊，他们被果实遗忘
我爱过很多的新生事物
疾驰过这座无人戍守的城市
最后消失在夜的灯红酒绿
当青春只剩下甲骨文
没有人觉察场景转换后的黯淡
你苍白的手指，涂上指甲油后神采奕奕
我站在你的面前
血液像海的沸腾，语言如夜的沉寂
有人在江雪的独钓中沉没腐朽
有人在桃花灼灼中化身为灿烂
今天和明天伸开冰冷的双臂
拥抱微风中翩翩起舞的灵魂
当海水把另外一个芬芳的头颅托起
大地在月光的沉默中
朗诵你残雪般逐渐消融的青春

生命中的最后一片森林

一只鸟停在我的眉毛，把这里
当作它理想的归巢
风从我的内心吹起，梳理它每一根羽毛
阳光下，泛着别的鸟

不易察觉的暖意。阳光的密度
是雨水永远的不解之谜
就像我清晨醒来
读过你青春期的每一首朦胧诗
远方黛色的山脉
是鸟儿最初收拢翅膀的地方
现在，雪融化了，而风
在忘情地吹着。鸟儿掠过的天空
仿如一面镜子
照着我如饥似渴的脸
——翱翔的梦
把自由的钻石镶入黑夜
成为我光明磊落额头上
另一种鸟安家落户的眼睛
这个早晨，因为青黄不接的饥荒
我无力再饲养这只鸟儿
趁暮色还未来临，我向它献出了
生命中的最后一片森林

孤独比黑夜的来临更令人伤痛

此刻，我看到的是一缕雨的轻烟
看到的是一棵不会言语的树
悬浮的海草
如同集市中被泪水咬过的鱼
你说，这么瘦的身子
为什么拥有这么多的箭
如刺猬，插满全身
让深爱的人

忘记了眼睛和疼痛的指纹

请你以雪的温暖呼唤我

有风的时候，也有雪
比如今天，我打开这本关于雪的书
雪就下了，每个字的角落
堆满了雪纺的记忆
你知道，那些年轻的雪
已老成了冰川
而冷，一直在消耗我
太阳用它固有的深情呼唤你
请你以雪的温暖呼唤我
河流在看不见的地方涌动，月光在漂洗白发
说吧，揣着信的河床，告诉大地
这一切都是真实的
我泪水经过的流域都属于你
山谷里的思念，像风吹来
现在雪花片片，封住了我下山的路

像草原的绵羊低头啃着满地的月光

像草原的绵羊低头啃着满地的月光
我因思念你而拥有无人知晓的静谧

像一座山挽着另外一座山
我爱你，在太阳奔赴月亮的那些日夜

喜欢你黑长的头发簇拥我脸颊的温暖
胸脯像大海的波浪一起一伏

而此时此刻，语言是柔软的

它不及你爱我抛弃了外壳
裸出的灵魂。我爱得如此虚弱

乃至于一次就已经接近死亡

灰麻雀的两只小脚

我想，也应该下雪了
窗外再美，也比不上深夜一场雪
一场异常凄美的雪
飘然而至。落下，落在火焰的舌头
雪，落下，就像是深夜里的
明月落在深井，以及消融了的岁月
灰麻雀的两只小脚
在冷雪上跳来跳去，没有任何声响
我想，"雀跃"这个词
是不是被你温暖的爱伪造出来的
这样说，小寒的风不会相信
我内心的喜悦和宁静
今夜，因为你，我毫无顾忌地
爱上了一些微小的事物
雪粒、花瓣的指甲，还有幼小的生命
甚至是一个居住在我肉体里的细菌

我的爱是幼稚的，盲目的
它藏匿在一朵雪，于深夜的寂寥中形成
这个早晨，不管是遗忘还是沉默
雪冷冷地来过
虽然青春始终没有将它留下
但它的美，已被我紧握在手心里

一匹马跃入我的眼睛

黑夜里，突然，一匹马
以闪电的速度跃入我的眼睛
我释放所有的记忆
勒住这匹马
天空因为马蹄而退到山的脚下
星星与它相互注目
它的头颅分明就是一座高塔
孤零零地巍然屹立
凛然的样子不可触碰
它俯瞰我时，我仿佛听到了一阵呼啸
我的心也像一匹没有缰绳的马
腾空而起，所有的树木都为之抖擞
可是，仅仅因那一刹那的迟疑
我再也捕捉不到它的踪影

刘　静

中南财经大学（今中南财经政法大学）商经系 83 级本科，87 级硕士研究生。1990 年毕业后进入湖北省某专业进出口公司工作，后下海经商至今。其间，做过外贸、国际船务、股权投资等。大学期间是学校"开拓文学社"成员，曾代表学校参加武汉市大学生诗歌大奖赛并获奖。

从帕米尔高原路过

它们从深深的海底升起来
如一群座头鲸从大海蓝色的子宫
浮游而出

大地初生人类尚如婴孩
它们携鸟兽一起向高处攀爬
往上走
太阳越明亮
星空越深邃
时光像一匹不羁的野马
在它们的身边逡巡

在帕米尔
任何词汇都是渺小的修辞
风的一次最温柔的滑行
在这里也是一场宏大的暴走
它穿越高原的每一座山峦每一条河流
制造出千万种声音
同时它又是一位聆听者

四月春天已来临
有多少生命被一种神秘的力量唤醒
重返人间

群山头顶着白雪
帕米尔永不疲倦的守夜人

我们是布伦口的异乡人

七月的布伦口
晨曦的脚步格外轻盈
阳光将翅膀融进蔚蓝的湖水之中
像传递一串金色的母语

北风追寻另一条轨迹
乘着夜色
它们从天山昆仑山逐级而下
像一群精壮的汉子
在漫天星空下赶路
它们与一切平静的肤浅的状态
格格不入
于是一次次掀开湖泊的内心
将湖底的白沙用力吹上了山丘

在布伦口风的子弹躲开了远处的冰山
那蔓延的山巅犹如众神
每一座都藏着光
它们俯视着黄羊青草
河流与砂砾
向微小的事物保持着静默

风更凉了
万物匍匐迎接着长长的落日
我们是这里唯一的异乡人

深夜十二时

我爱这深夜十二时
指针和分针终于二元归一
一道门在你我之间悄然开启

我的夜你的晨
我的黑你的白
两条逆行的轨道
必是一座无法收敛的深渊
我的一生都在练习奔跑

终于等到零时零分
黑夜和凌晨重合
停止了更深的坠落
是起点也是终点
是一瞬也是一生
我爱玫瑰热烈的红唇
也爱死亡贴身的外衣

王劲松

中南财经大学（今中南财经政法大学）84级学生，曾任校刊《开拓》文学社总编辑。大学毕业后一直在北京工作。

死亡飞翔

我是一只死鸟
在寂静的夜空飞翔

喜欢在黑夜中穿越森林和峡谷
看石头里的光，替黑夜送来星辰
一个声音说，"人呵，拿出你的灯来。"

不做鹦鹉
在管弦呕哑的闹市聒噪
囚徒以愚夫的狂欢获得的馊味
怎能比得上那美味的野餐

要做苍鹰
孤傲地在山巅漫游、远观、逿视

更要做一只鲲鹏
翱翔在暴风雨和狂怒的大海之上

歌唱生命——
在那最后的里程
从一窝星宿回到大地
看那，我在燃烧的夜空
将我流星般的羽毛
投向大地

程　峰

网名程大爷，本科就读于中南财经大学（今中南财经政法大学）商业经济系 84 级，湖北省赤壁人。经济学硕士、中国首批执业证券分析师、财经评论家、旅行摄影家、诗人。

出版了《股票技术分析实战傻瓜书》《投机智慧》《假如炒股是一场修行》《假如炒股是一场恋爱》《假如炒股是一场荒野求生》《假如炒股是一场真人秀》《程大爷的朋友圈》等三十多部作品。从 2015 年起开辟财经评论专栏《程大爷论市》，已成为《证券时报》旗下"券商中国"的名牌专栏。

大学时代是湖北高校诗坛的活跃分子。其作品《深山人家》曾被中央人民广播电台制作成配乐诗朗诵推向全国。曾获 1987 年湖北省高校"一二·九"诗歌大赛创作一等奖、武汉地区高校"五·四"诗赛创作一等奖等多项诗歌奖项。在《飞天》《散文》《羊城晚报》《南方日报》《广州日报》等报刊发表过诗歌与散文作品。有诗歌作品入选《中国当代大学生诗选》《中国高校优秀文学作品赏析》（诗歌卷）。诗集《看不见的部分》由长江文艺出版社出版。

现供职于华泰证券，兼暨南大学硕士研究生导师、中南财经政法大学研究员。

火塘记忆

必须有低矮的柴房
有红砖或者青砖围拢的城池
火神到此安营扎寨

必须有木柴、火钳和
一根从天而降的生铁挂钩
挂住心心念念的亲情

必须有一团烟雾在屋顶寻找出路
试图翻越唯一的亮瓦
给远方的亲戚拜年

必须有老父亲把烧得通红的树根
敲打得火花四溅
然后又挨个敲打我们兄弟几个
做人做事的不足

必须有哥哥与弟弟争得面红耳赤
为所谓天下大事

才能把这糍粑、红薯与腊月
烤出焦煳的年味

一把表情漆黑的旧铜壶在铁架上
维持现世安稳的坐姿
只要水烧开了
它就会唱歌

雪花早就停止舞蹈
北风趁势歇了脚

从窗户逃逸出去的火花
把夜空烫得千疮百孔
流出
明晃晃的星星

遛　狗

有人喊 Miami 的时候
小狗并没有应答
是我替它"呃呃"了两声

路上遇见了小伟
我吩咐 Miami 喊"小伟哥哥好"
小狗并没有喊
是我替它喊了两遍

有人夸 Miami 漂亮
小狗并没有表现出多开心
是我替它开心
有人说 Miami 貌丑
小狗也没有生气
是我替它生气

我对 Miami 说走快点
结果是自己率先加快了步伐

小狗趴在地上望着我
我以为是它累了，不想走了
结果发现是自己无意中停下脚步
在看手机

夜空中闪电亮了八次
紧接着雷声又响了九下
我以为 Miami 会害怕下雨
小狗并不着急回家
着急回家的是我

有人喊了一声老天爷
控诉只打雷不下雨狗都会热死
老天爷并没有应答
我满脸愧疚地回头看了他一眼
仿佛是自己把雨下到了别处

南普陀的鸽子

一群鸽子飞过来
又飞过去
从一座寺庙到一朵白云
它们穿针引线
缝补着天与地之间的分歧

望着它们的时候
会有一根羽毛
开始抚摸这杂乱不堪的世事
它们以不同的姿势

传递某种隐秘的指令
我全盘接受
经由翅膀的扇动
香炉袅袅升腾的那几缕青烟

它们倏忽如雨点降落
在南普陀四大皆空的前门
我试图靠近这群慈悲的信使
我以为它们会抗拒世俗的企图
事实上是它们在靠近我
传递一种淡定的气息

尽管我的手里并没有半颗粮食
它们从容不迫的靠近更加让我感动
很多时候
我们从禽兽身上获得的信任
要略多于人

在额济纳戈壁看落日

河流带走了泥土
牧人赶走了牛羊
商贾牵走了骆驼
父母带走了孩子
神取走了泉水
秋风
把最后的树叶也卷走了

想象一场盛宴刚刚散席

所有丰腴的、甜美的、热闹的
都被瓜分殆尽
留给我
这寂寞而辽阔的戈壁
遍布沙砾、枯木和石头
像杯盘狼藉的饭桌
摆在一个饥肠辘辘的人面前

还好，为了表示歉意
他们把落日留下来了——
一只巨大的咸蛋黄
在饭桌的边上
摇晃了半个时辰
最后还是掉下去了

蘸着残存的血红酱汁
我吃进了一肚子的暮色

奇　石

看它的表面
你会说，噢，石头中的另类
它不按套路出牌
不走寻常路
饮与众不同的水
与怪异的星座对视
像有的人
你并不知道
黑暗曾怎样深入它的灵魂

镂蚀掉内心的柔软
你也不知道
雷电如何雕刻它，一刀又一刀
去掉血肉和脆弱的情感
只保留最硬的骨头

怎样的天荒地老
永远无法想象
刀山火海、酷热奇寒
面无表情地呈现
它的美或者丑
需要一双同样另类的眼睛
才能读懂

一头骆驼

在巴丹吉林沙漠
游客披着暮色围观
一头骆驼鼻孔里插着铁棍
正在被一群人拽上卡车
要运往屠宰场
没有哭泣也没有挣扎
唯一的反抗就是
用自身的重量努力立在原地
我猜它想最后在沙地里多待一会儿
它眼睛里的愁苦与绝望
若隐若现
像老电影里的黑奴

一位菩萨心肠的女士
难过得看不下去：
"他们太过分了，怎么能这样？
把铁棍插进骆驼的鼻孔
良心不会痛吗？"
众人沉默，然后四散
我安慰她说：
这世间永远有慈悲解救不了的命运

亲爱的客栈

我喜欢你的名字胜过全世界
胜过铺成湖面的客厅
胜过温柔如水草的沙发以及
白云簇拥的睡眠
我喜欢你用"亲爱的"轻唤每一位过客
包括我

被魔法般的三个字击中
如同女巫的三根手指
敲在琴键上
我愿意将目之所见都加上前缀——
亲爱的蓝天白云
亲爱的波叶海菜花
亲爱的格姆女神山
亲爱的王妃岛
亲爱的猪槽船
亲爱的海鸥
以及

亲爱的你

神的镜子

神的镜子既在高处也在低处
在高处映照大地的辽阔
在低处映照天空的高远

神的镜子不分大小
照云雾缭绕高深莫测的神山
也照草海里与秋风相依为命的芦苇

神的镜子不分黑白
照天边的云蒸霞蔚
也照头顶冤魂附身的乌云
照漫天闪烁的繁星
也照祖母屋里暗淡的火塘

神的镜子不分贵贱
照湖边豪放的格桑花
也照湖水中羞怯的海藻花
照天鹅起舞
也照野鸭觅食
照神龙饮水
也照泥鳅戏浪

神的镜子不分雅俗
照天使的笑靥
也照我满面的尘土

天黑之后

天黑得真快
仿佛一匹渔网从天而降
没有讶异的惊呼声
没有挣扎的企图
原本嘈杂喧嚣的世界忽然安静
如同末日

万物皆有不得不接受的命运
红嘴鸥收拢翅膀
野鸭放弃了最后的滑翔
偌大的世界只剩最远的山峰与我
暗中相互打量
交换被黑夜一网打尽的惆怅

还是会有漏网的——
星星像发光的鱼群游往银河深处
月亮其实可以逃得更远
可是她没有
她选择留在寂寞的人间
陪我们

格桑梅朵

开在青藏高原上的格桑花
都有一个幸福的名字叫作"格桑梅朵"

开在南方的格桑花没有

开在八月的格桑花都被天神亲吻过
开在十二月的格桑花没有

开在荒芜中的格桑花有雪豹和雪莲花做邻居
开在马路边的格桑花没有

格桑梅朵哼唱五颜六色的歌曲有野风伴奏
公园里的格桑花像整过容的美丽谎言

抚摸过牦牛眼神的格桑梅朵
也被雪山上的日出抚摸
凝视过园艺师眼睛的格桑花
此刻正在被我凝视

看，那些活在滤镜中的美人
为了得到冬日阳光的宠幸
她们竟然争相吐出春天的舌头

痛　痒

梧桐树落叶纷飞
而紧邻它的洋紫荆自顾自地灿烂
他们各自理解冬天的暗示
落叶无关花的痛痒

一个身体残疾的小女孩从巷口走过
餐馆里喝酒的壮汉在高声划拳

他们各怀心事
残疾无关酒的痛痒

一只流浪狗在垃圾桶里翻找食物
吃饱了撑得难受的人在跑步
他们各自消化食物的意义
流浪无关城市的痛痒

北方已经下雪了
南方仍然艳阳高照
他们各自表述季节的变化
雨雪无关艳阳的痛痒

千里之外的母亲穿着棉袄
儿子在广州短袖 T 恤
母亲说降温了要多穿衣服
儿子说短袖还要冒汗
他们各自怀揣他乡与故乡的世态炎凉
但短袖永远关乎棉袄的痛痒

冯 雪

生于 1964 年 3 月，就读于中南财经大学（今中南财经政法大学）商经 84 级，现供职于广州银行总行风险管理部。广东金融作协会员。

彩 虹

你长在哪里不好
非要长在象牙塔上
把学子的幻想悬得太高
你长在哪里不好
非要长在遥远的他乡
把游子的思念烧得太旺
你长在哪里不好
非要长在书籍的梦里
把海市蜃楼画得太美
是啊，你长在哪里不好
非要长在下着大雨的心里
而所有那些心头落过的雨
终将修炼成一场天晴

谎 言

我一说话就是谎言
所以我不开口
我只把心瓣移到树巅之上
立刻就有风吹来
把树叶吹得哗哗作响
仿佛什么人在说话

山川河岳是无聊日子里的情人
她不说话

我只用眼睛
就这样静静地缠绕

然　后

有朋自远方来，焉能无酒
然后就放肆了一些
然后就喝多了一些
然后就一夜无眠
为胸中翻江倒海的衷肠
也为杂陈的人生五味
然后也不问我同意不同意
就一脚踏入了今天
与昨天就此别过
且永不再见
然后你我成了彼此的然后
然后一切将在下一个日子里
轮回

庄稼与人

水稻、玉米、黄豆
很多年以后
我仍能一眼辨识
脱口叫出这些名字
而很多年以前
我伤心得不喜欢这些东西

在故乡熟悉的稻田里
我与插秧的孩童攀谈
她爷爷居然是我儿时的玩伴
庄稼收了一茬又一茬
人也换了一茬又一茬
那些善待庄稼的故乡人啊
你们就是故乡田野里生生不息的
水稻、玉米、黄豆

轮　椅

推着轮椅
仿佛推的是温暖与担当
我害怕手伸长了
温度从袖口流失
也害怕岁月花白了肩头
扛不起这份担当

要是有一天我也坐上了轮椅
那一定坐的是牵挂与清愁
我又会担心山远水长
飞鸟恐难送牵挂
也担心轮椅不够结实
载不动许多愁

许多愁啊
在轮椅上似有似无，若隐若现
把我折磨得瑟瑟发抖

夜宿冯庙村

厕所革命还写在墙上
狮子古河早已退去蜿蜒的秀装
穿上了水泥铠甲
灶前有土菜暖心
厨下有糙米若干
只是炊烟散去
鸡鸭归笼后的时光
好像天生是用来黑的
好像冯庙村黑得也太早了一些
好像划破黑的鸡鸣早已消遁了
好像在黑里我只能在梦中
好像在黑里梦也做成了彩色的模样

王　键

曾用笔名楚石发表作品，北京师范大学经济学硕士，中南财经大学（今中南财经政法大学）法学学士。二十世纪八十年代开始发表诗歌、小说等作品并成为武汉高校知名校园诗人，后中断写作，2010年重新执笔，在《诗刊》《上海文学》《诗歌月刊》《汉诗》《象形》等书刊发表大量诗歌，作品多次入选多种诗歌选本。诗人企业家。现居北京。

冬天的白内障

发霉的风景，
唯电子眼醒目、闪亮。
小动物们穿过大地内部
引起的躁动，另一种
更加隐秘深刻的
寂静。

雪线下的事物，朦胧而暧昧
如同你含混的词。

雾，用最矮小的脚，贴着大地
雾中的松树，穿戴冰雪
和冻土，它们紧缩着身体
低吟：敞开你的心吧
向着十二月冷色调的雪峰

一头棕熊，饥渴的，带着
天然的眼疾，它对近在咫尺的
鲑鱼和老虎斑视而不见。
它移动英雄般的身体，蹚过
草滩、浅水河和黄昏
在一团混沌的金色光圈里
绝望地昂首。

冬天的冷，正在
加深它的白内障。

种 牙

天冷了
我日益稀松的牙齿
开始漏风
它们已无力抵御冬天的寒气
一些美味的食物，比如坚果
和三分熟的牛排
再也不能被咀嚼和吞咽
一副松动的牙齿犹如我从生活里
学来的一套处世哲学
在坚硬的事物面前漏洞百出
为了重建生活坚固的城墙
我执意拔掉了那些不中用的牙齿
换上新的
医生在我的牙床上打下三个洞
在里面植入骨粉
新年之后便会长出新的牙齿：
洁白、崭新、坚硬的牙齿——
我又可以对生活露出我的尖牙利齿
我将用一副严密整齐的新牙
迎接春风　和那一对
在冰箱里冷冻了一个冬天的熊掌
当我吃下那对在丛林里曾经战无不胜的熊掌时
我仿佛觉得我也修补好了我的人生哲学

异乡人

三十年的训练和矫正
我基本学会了他们的语言
包括口音和方言
我因此被接纳，成为
他们的一员

但仍然有一些词语的发音
因我不能捋直的舌头
总是不能发出

还有，一些敏感的词
我总是小心翼翼地避开它们
躲不开的时候，便再次被他们
讥笑为外乡人

这样的一些词从此成为我的
禁忌个人生命中的
无人区
它们像沉雪，深埋在某个黑暗的地下
不能看见不被融化

不幸的是，当我回到故乡，故乡人
同样把我视为外乡人
讥笑我一口的京腔——
故乡竟成为我永远不能回去的异乡！

有一天，我在梦里同另一个我

喝酒
我们用世界语在谈天——
我成为我自己的异乡人！

路　灯

那些为光明弯腰的灯盏
它们起身迎向即将到来的黑夜

夏日池塘

高温，是一种神秘的力
所有动的心思都被它熨平
万物寂静，如死地
这旷野中的一处水立方
成为一堵密不透风的墙
身处水中最底层的鱼儿
纵有穿墙而出的决心也是枉然
时钟刚好指向正午，日晷也收起它的阴影
这相当于一周之中的安息日时光
钓者已放弃最后一点努力
不再寻找和等待那上钩的"愿者"
被抛弃的鱼竿成为古老游戏的永恒道具
鱼漂静立，永恒不动
此时，唯一运动的是太阳，那伟大的王者
它正不知疲倦地燃烧空气
以减少旷野里本已稀少的氧气

"好吧，让我来改变这一切！"
有人突然发动鱼塘中央的空气水泵
它轰隆隆的巨响，像是这个
夏日的心脏在突突突地跳动
它泵出的血液瞬间充溢了夏日
鱼塘里水的肉身
"一切都生动起来了！"
而空气仍在燃烧
大地开始了他一日的真正生活。

织布机摇篮曲

妈妈，我年迈的妈妈
尽管你的生命之火行将熄灭
但我还是想要你开动那台
退休多年的织布机
我想让那哐当哐当的响声
灌满这间屋子

妈妈，我已看不清风景的妈妈
我想再看一次
红线、蓝线、白线从你的手里吐出
我想再看一次
你手绘青天和白云
那些纯棉的桌布、床单和被套
多像春天的田畴和花园

妈妈，我心如止水的妈妈
我想再看一次

野蜜蜂如何从花朵里飞下来
落在织机下面那摇晃的小脑袋上

我又看见了
那飞奔的梭子在吞吃时光的暗影
我又听见了那在纺锤上缠绕奔跑的棉线
让纺车发出唧唧复唧唧的吟唱——
它们比蜂鸣铿锵!

妈妈,我知道,那包裹我的襁褓
是你织的;
那摇篮里红蓝格子的小床单和小被子
也是你织的
(那些红格子、蓝格子多美!)

妈妈,今天,请你再一次亲手
为我织一套床单和棉被
我要用它们覆盖我死去的肉身
这样,"从摇篮到坟墓",妈妈
你都包裹着我!

北方七月的雨

雨越下越大,花园里的蛙鸣也
越发欢快
它们的叫声里带着泥土的气息
我能想象它们望天的姿势。
六月的大地燥热、困顿,尽显疲惫
六月一过,北方便进入雨季

一天一场雨的浇灌，让万物从昏沉中苏醒，
大地清凉，空气如新生的婴儿
一场大雨胜过那些严肃的话题：雾霾，秩序，
王朝，后工业文明，贸易战等。
被洗礼过的青山重回年轻，如同复活的生命
而突然出现在天际的七色之虹
是艰难生活中的一道亮光，
一个美好应许的约定。虽然我们拥有
那么多未曾兑现的诺言，但那些如愿
未必来自那最高的善。今天，
我仍然愿意，怀抱一颗一再放低的心
进入那终将带来澄明之境的风暴之中……

交　谈

你带着墙
来跟我交谈
你嘴里含着泥沙、石头
和血

你嘟囔着我听不懂的
话语
泪水，从石头里
流出

我看见，一面哭墙
在一张脸上

瘤　子

晚上接到一个电话，一个坏
消息：他身体里长了一个瘤子
恶性的，要马上做手术切除。
我有些麻木，因为这样的消息
本月里我收到了三个
不同的是瘤子长在不同的人身上
不同的部位。但我还是难过，
我拿起一本诗集又放下
词语并不能承载过多的痛苦
而苦难的秘密是让我们更多地抵达了生命
还是更多地丧失了生命？
恍惚间，我感觉长在他身体里的瘤子
突然跑到了我的身上，在某个部位隐痛
而此时，我正在日记里写下：
"十月十九日，无病，大吉。"

青柿子

七月的柿子，像青葱的少年，
羞涩、躲闪。它们藏在宽大的树叶
后面，做着白日的自由梦想
面对漫长的夏日，和世界的聒噪
它们沉默，酝酿很多奇思，身体
也一天天膨胀、长大，长成天空中的
"青铜骑士"。夏日的暴风雨一场连着一场

它们攥紧拳头，在风中摇曳，狂舞
并向天空发出尖叫
它们的叫声扯动了整个夏天的闪电
与滚过天庭的惊雷声组成合唱
这未熟的果子，在它们生命未完成之前
呈现一种勇武之美
啊，酷热的夏季，烈日的炙烤成为恒久忍耐
的功课，在火的熬炼中，它们内在的力量日益
转化，转变为一种甘甜，一种爱
在它们成熟之前，在变成火焰之前。

互联网

隐形的丝线，从人之嘴里
吐出
我们吃过知识的桑叶

数字的王国，万物被标记
送信的人用光速在跑
超越的天使，他们在云中叫喊：

"更快！更高！更强！"

我们，失身于世界之水的深处

我携带的氧气
不多了。

惯　性

"失败乃成功之母"

他一辈子都没离开过母亲
算不算成功?

纵然他的生活已经失败,
世上也不再有他留恋的人和事。
但是,每天早上,他仍然准时起床
花很长的时间洗澡、梳理头发、刮胡子,
有时还要修剪指甲,然后穿戴整齐地出门。

纪念日

我指甲上的半月还在生长
它要向秋天表达渴望

经过岁月的手,多情的手,失血的手
在一轮圆月里,它醒着
它诉说——

那比仓山还要艰难的事
那比爱情还要艰难的事

时间,穿着迷人的彩衣
回忆和祈祷最终让日子荒凉

那些逝去的，那些新生的，
谁也追不上谁

六月又到，大地重拾热情
人们穿过瘴气和封锁线
他们带来艾草、硫黄和火。

阿 毛

　　诗人、作家。中国作家协会会员,武汉市文联专业作家,一级作家,武汉市作协副主席。

　　中南财经大学(今中南财经政法大学)85级学生,1988年开始创作并发表作品,获得过武汉地区高校诗歌大奖赛一等奖。1989年毕业后留校工作。2000年7月调入武汉市文联《芳草》杂志社任文学编辑,2003年转为专业创作。曾任《芳草》文学杂志副主编,2009—2010年度首都师范大学驻校诗人。

　　作品有诗集《我的时光俪歌》《变奏》、散文集《影像的火车》《石头的激情》《苹果的法则》、长篇小说《谁带我回家》《在爱中永生》及阿毛文集(四卷本:阿毛诗选《玻璃器皿》、阿毛的诗歌地理《看这里》、阿毛散文选《风在镜中》、阿毛中短篇小说选《女人像波浪》)等。诗歌入选多种文集、年鉴及读本。曾获多项诗歌奖。有诗歌被翻译成多种文字。

清晨所见

一清早就在打雷
我蜷缩在床上
忽然想起英格兰
和埃及

我想它们之间
我和它们之间
有何关系

牡丹扇在床头
有那么一会
我穿越到了三国
看周瑜舞剑
小乔梳妆

这英雄美人的思维定式
是毒药
我们一直喝一直喝

到处飞啊
灰！灰！
有蟑螂霸屏
未见天马行空

旅途中接到友人病讯

女司机
高跟鞋
总爱在路上

高速上的急电
慎用文献

行停飘满鲜花的湖边
背靠野罂粟
在亭子间打盹

"一二三、三二一
广场舞在普及"

她在住院部的楼下痛哭——
"医生说：
十二个点，就像子弹
冲出了橘子皮。"

"你不急，容我们上网，容我们遍问高人……"

湖畔大衣飘——
把自己变成风
把自己和余下的人生揽在怀中

疫中的母亲节读皮扎尼克

以接受精神分析和治疗
开始的青春期与绝望人世

不断地焚毁风又救出风

用诗句当铁箍、针线
取出疯石，缝补伤口

昨夜又起飓风
皮扎尼克
我看到你抽烟的嘴唇
与玻璃外的海一样惊恐

与我母亲同龄的诗人
书上的母亲啊
在疫中，我陪你，陪你抽烟

可我缺席母亲的隔离
和你吞下 50 粒巴比妥
与无尽深渊的时刻

"造出太多孤独
连词语都自尽"

为了找出那么多没被标记的诗句
我再一次通读了你的整个人生

"我在我的名字下哭。"

而现在，我以放下的书
向你致敬
向母亲致敬

明天，明天摘下口罩
陪身边的母亲看戏

注："造出太多孤独 / 连词语都自尽"为皮扎尼克《风的女儿》
中的诗句。"我在我的名字下哭"为皮扎尼克《笼中》中的诗句。

杀死蟑螂

"新房子怎么会有
这么大的蟑螂？"

疫情期间
我们设法买到了口罩、消毒液
顺便买了杀虫剂

我负责消毒
他负责杀虫

解封后
给新房子粉刷
选择即刷即住的无机干粉涂料

粉刷客厅和房间

只花了两天的时间

今天我打扫清洁
客厅有几只一动不动的蟑螂

和无限灰

而我并没有用消毒液
他也没有用杀虫剂

注：“无限灰”为皮扎尼克诗集名。

梦境恐惧症

通常我在入睡前
会到阳台上
望一下天空

并非每次都能看到月亮和星星
但低头总能看到墙角的壁虎和蟑螂

榄菊杀不死你们
也罢

可你们别闯入我的领地
让我有一片干净的梦境

疫后的虞美人

困于室内
而聚焦于沉思与影像

退回到金戈铁马的
古战场

杀声震天啦！

威慑四海的英雄啊
还是败了

口罩
路过花坛上的虞美人

心疼啊——
心疼孩子们耐克鞋下的

星宿
而不是碎石子

龙灵山的节日颂

过军山大桥至龙灵山
庆一个国度的两个节日

听红旗的欢乐颂
吟满月的阴晴句

琼花摇曳桂花雨
浆果依靠玫瑰刺

蜻蜓的无人机与蚱蜢的不系舟
检阅了十里长坡的波斯菊
与百亩荷塘的嬉水鱼

千亩茶园的长脚蚊
咬醒了山顶的小盹与水边的遐想

去年的萋萋芳草回眸处
成了今年夏洪之后的钓鱼台

欢乐成群悲伤独行
幸存者热泪盈眶地观看了
一个复活城市的所有快闪

秋天的变奏曲

咿呀呀的池边剧
撕破纪念碑的寂静

秋天终归是热烈的果实
和衰败的枯草
唱着主角：

紫红色的蓼草花
挨靠金色柿子的树根
土色的壁虎蛇
引出黑色的伸缩棒

"你敢拨打墓碑上的
一串号码吗？"
几枝倾倒的杂色塑料艺
是将要腐烂的休止符

阳光透过覆盖山间小墓的树木
牵引手里的单反拍下
光头、小小地球仪
款款而来的
蜻蜓的停机坪

不再拍别的了
只留空镜头
长出山顶的 5G 机站
被树木拥挤的天空
和闯入镜头的打屁虫

"蚊子咬死了！"
百节虫和倒伏的树
挡住下山的路

极目处
从高射炮走下和它主人聊天的宠物狗

天晴之后遇到的新问题

久雨之后
身上都长草了
要出去吹吹风、晒晒太阳
正好帐篷已到
昨晚已经在客厅试用

必须寻一处背山面海的
宿营地

可这里是平原，并没有高山大海
我们只能择临湖泊或水库

脱下拖鞋或高跟鞋
换上旅游鞋
带上干粮、渔具
书和画具
再顺手拿起两顶太阳帽

郊区的宿营地有多处
去哪里当然不是问题

可我满脑子的问题是：
毒蛇会不会出洞？
毒蛇会不会出洞？

066

重新命名

季节交替时的鼻炎
拉亮了楼道上的声控灯

过敏史教会我——
要避开的
不仅是螨虫、灰尘
还有冷空气

从现在起
任你们在花坛中
我折身走向无人的坡地
认这无人的坡地上
无名的花草为故知

从今以后
我只延续这样的故习——
每到冬天
就不停地在纸上
下雪啊，下雪
就如春天
不断地耕耘啊，耕耘

无问东西
不管结果
我只是写出无题诗的标题
为无名的花草命名

艺术夜

她咳嗽
电火毁了夸西莫多的钟楼
两节与多节转换之间的
混乱节奏与气味
误导了她

——这不是你要拜访的巴黎！
——这不是你要写出的诗句！

挨过破伤风针的一周有效期
就可以开始服降压药了
现在按着左太阳穴
网购一本可以止疼的书
——爱或者蜜蜂

然后，去露营写生
让星光点亮
变白的头发和长皱纹的脸庞

又来了一群野猪
它们是猪爸猪妈猪仔
它们一家拱树
它们不戴口罩不惧怕病毒

暗夜的前行路是茫茫的海岸线

"写艺术史的诗总是太长

可我的眼睛老花了！"

"蚯蚓没有眼睛
也翻过了一段老长城！"

失忆者的副歌

拂过干燥咽喉的火焰
露珠和星星
黑白片里的眼神
卡丁车的缓慢优雅
载走的青梅竹马
和雨中的邮递员送来的手写体
消去
快递小哥摁响的电子门铃

（——信物、两地书！）

流逝的场景里
时代的灰、碎纸片、铁锈
与无限次重逢的人
撞响
冰冷的滴泪痣与消失的时间里
回荡的琴声

（——射灯下苍白的脸！）

斑驳的口音
念出的复写纸下的清单与蜘蛛网

录下
雨中的刨木花与鹅卵石
和你不经意吟出的墓志铭

（——同心锁、刻字、拓印！）

失忆的人也会记得——
时光隐藏的第一个恋人
墓碑掩埋的最后一个

骨刺，或生长的诗

这是一首在心里生长了
几十年的诗
一首从不忍提起的诗
现在我写下来

从前它经历过沙尘暴
泥石流
今天它经历着病毒
残酷诊断

所幸
人类还可以戴着口罩见面

但必须避开
锋刃向上的水果刀
衣钩的铁锈
一束带刺的玫瑰

破伤风针的皮试
和刺眼的光线

但如何避免后遗症？
我不应该被锈铁伤到
就打破伤风针
就想到里尔克
和他的玫瑰

"剩下的时间不多了，
必须抓紧赶路！"
我不能拽住离开的火车
但可以送你伞

你走后
寂寞有着夜半的荒凉
冰川的冷寂
和猛兽的爪子

我必原路返回
经过送别路上的
斜拉桥
甘蔗地
它们刚刚经过了
涡振
和地震

我用笔挖掘的出口
被离别的背影封上
余下的光阴
一个人哼唱一首离歌的
所有版本

我不能在视频里说
一切都好
但我可以在私信里
发个看不出悲伤的表情

而真身
在高处悬着
粉刷屋檐
像白云那样悬着
变成乌云砸下来

我还没准备好接着
大地也没准备好
我的眼眶盛不下
全世界的眼眶
也盛不下
运用幻术也不行

此刻
我视地面瓷砖上的黑点
为黑芝麻或黑蚂蚁
视平坦的防滑小点
为山丘
但我不会认错你背上的菊花
胸口的玫瑰
还有鸟鸣的晨曦之地
恰是永生之地的暮霭

徐俊良

1987 年毕业于原中南财大财经系财税专修科，现为湖北黄冈市罗田县税务局公务员，黄冈市作协会员，工作之余爱好文学，创作的数百篇（首）诗歌散文在报刊及文学平台发表。

小 雪

这个时节
在大别山南麓
只是早晚温差
才让北风悸动
天空，还很晴朗

山上，层林还正绯红
偶尔有些失宠的枝丫
伸出企望的手指
在微寒的风里打捞着清瘦
树叶扯起旗帜
要掩饰着什么
阻碍着寒风
寒风只有在夜里
才悄悄登场上演

河岸的垂柳
虽有纤袅的姿态
却没有往日的风流
它过早地给节令留白
让汩汩流响的河水
顿失生气

广袤的田野
成熟了的被尽藏
只有农家屋脊上
被风吹散的炊烟掠过眼帘

像扯不断的乡愁
氤氲着美丽家园

在神农架看到冰吊儿

某年某日，在神农架
我看见很多冰吊儿
像瀑布一样圭在崖边
静静地挂着
让山谷显得非常肃穆
连空气也像冻住了
没有了季节的喧响

冰瀑下面的深潭
不见波纹涌动
流水的争吵
停止于寒风里
冰吊儿，深潭
演示着不相往来的倔强

此刻，我深信不疑
冰吊儿渴望一泻千里
将深情投入水潭中
深潭也会以博大心胸
接纳爱的洗礼
岑寂，只是暂时
彼此的心结
会被春风春雨慢慢解开
然后弹奏出忠贞的乐曲

行走了多少路程
才在这儿看到冰吊儿
领悟了人生
不只惊涛骇浪的激荡
更有静默如山的思索

李 扬

中国政法大学民商经济法学院教授，博士生导师，中南政法学院（今中南财经政法大学）法学学士，北京大学法学硕士、博士，武汉大学法学博士后。兼任中国知识产权法学研究会副会长、常务理事，最高人民法院第五届特邀咨询员，最高人民法院知识产权司法保护研究中心研究员，最高人民法院知识产权案例指导研究（北京）基地专家咨询委员会专家，深圳国际仲裁院仲裁员，广州仲裁委员会仲裁员等。曾在日本北海道大学、日本特许厅、芬兰、美国工作和研究。在中国社会科学出版社、法律出版社、中国人民大学出版社等出版学术专著、译著10多部，以中文、英文、日文在《法学研究》等刊物上发表论文100多篇。出版散文诗集《献歌》。

Corona

在我的旅途中埋伏十字架和手掌
在我的贝壳里雕刻经度和纬度
corona，corona
你开花之时，就是我受难之始
我带着心脏里的一尾鱼隐入醉人的一抹蓝
怎经得起你的圆壶从摇篮就吹来的烈焰

深秋送我一把斧头，在森林招兵买马
corona，corona
在时间的花朵里颁发忧郁的稻草和月光
我满城的旌旗只分得你的一缕芬芳
谁来替我照料从此流浪的指环和美酒

北京，北京

在这里
我有着策兰的肉刺和伤口
夏景村一草一木
喂养的马匹和月光
或者只能留下诗歌
这唯一的墓碑
母亲泪光中最后的一座城

诳　语

在你的身体里寻觅清澈的小溪
十月的日子是最好的日子
你圣洁的高地引领我回乡
我颤栗着饮下秋天神秘的火焰
下半生从此插入你的喜怒哀乐
再也无法拔出

（可是，又有谁知道
我不会成为木头的儿子呢）

密语之一

在你的矿道里挖掘废弃的光
这是我的粮食，我的水
我说给世界听的语言
我划进故乡月色的一叶小舟
海洋把河流撒遍东方的陆地
送给它们黑色项圈，和集体抒情
欧罗巴的幽灵已把我的春天睡到尽头
我曾经历了怎样纯洁的心甘情愿

用握寒风的手在广场栽种两朵秋菊
一朵给合唱的浪花，一朵给教条的九月
是为选择半途而废的小溪鼓掌的时候了
是在你矿道废弃的光里谈谈爱情的时候了

密语之二

在水上漂浮着的这座城市
我只能送你亚热带的地下冰川
星星的手指拨开夜晚的云层
放下一些海水在我的眼窝里
你的心戴着白手套
它比我贝壳里的欲望沉重

九月的枕头上绿水青山
凹陷的月光下最不该谈论的
是一路上的飘飘长发

密语之三

中秋夜，当两个月亮空着
在可及与不可及之间
我粗糙而羞涩的词语
总是去和你的河流在一起
而你失野火的小森林
却将雷雨般深蓝的海水
注入开往边陲的列车

哦，逝去的，也轻也重
留下的，也重也轻
至今纠缠着你我心底的埋藏之物
给每个白天黑夜沐浴更衣

南渡北归

两个轮回的漂流已经成熟了
紫荆城金色的黄昏请寄他传话
传给他千百回马蹄声碎的万里长城
没有谁是永远摆渡的异乡人
没有冰与火的嘴唇始终被浪费
夏景村的金枪鱼既已游出乡关
北国传教士的黑森林
终将迎娶闪电无限深情的一吻

秋夜曲

倾听我语言洪荒的月亮
躺在石头的摇篮里挥霍奶牛
我的心有罪
秋夜能去哪里把秋夜安放
霜露中的野樱桃
已在梦醒之处长眠

长空泼洒离歌的候鸟
在睫毛关闭的雪花里升起船帆
我的灵有罪
泡李白诗歌的烈酒
真理似的抚摸乌鹊南飞的身影

蔚蓝色的风骑着他

蔚蓝色的风骑着他
他开始平凡而正常地呼吸
孤独是他行走的斗篷

不再被四方八方标签
不再是黑眼珠里发芽的闪电
蔚蓝色的风，公开骑着他
从容走过大街小巷

词语结在树上
从不害怕陷入歧途
这才是他一出生就烙印着的胎记
再简单不过的大自然的密码

巫婆粉

妹妹，下雪了：你赠我的巫婆粉
被遗忘在了北方的小酒馆
这是一个征兆：芸香绑架了秋水
我用异乡月色垂钓幽帘的旅程
再也无法拨亮你心中的孔明灯

无　题

和我一起祈祷吧：
秋夜放出千里月光
我们去寂静的山谷摘野百合
野百合是红色的，怀着一颗酿酒的海洋之心
我们有一场盛大仪式，在秋天的尽头
小松鼠来了，童话里的精灵，我们唯一的贵宾
穿白衣的不速之客也来了
他一直和我们玩游戏，我们输掉了青春
输掉了眼睛和躁动的心
只有吃哑巴的苹果，在时间的深井里架设天梯
做沙漠托付给雨水的事情

希　望

河流蹚过的夜晚，不是黑暗
流星闪耀的坠落，不是毁灭
和一见钟情的人擦肩而过
不是生离死别

即使因为一场突发疫青姗姗来迟
春天的名字仍旧叫春天

看得见的，看不见的
活着的，死去的

都在摸索着生活的出入口

在多雨的南方的最后一年

此刻，我的灵魂与南极的企鹅同行
而我的身体为你架起宽阔的桥梁
在多雨的南方的最后一年
这是我最隐秘最明亮的事

从夏景村走到现在
和很多人一样
吃下过屈原的离骚和九歌
也生吞活剥过信徒们的谆谆教诲
除了血液变得和淤塞的河流一样
从未遇见过传说中的葡萄与火把

在多雨的南方的最后一年
低烧的南太平洋是理不顺我的曲折了
沉默的椰子树更加沉默
唯一的诗篇，是与你的偶然相逢
如同遗忘在山林间的一枚新鲜松果
芳香了我对生活短暂的渴望

在哑巴的深秋里失声

在哑巴的深秋里失声，我们是朋友
但我并不比它变得更幸福

我的头脑中始终保存着一个太平洋
迎着飓风中的星星，你就可以听见海浪在呼啸

在哑巴的深秋里失声，尘世间最白的鸽子飞走了
我把为你歌唱的语言埋于失乐园的葡萄架下
这比轻佻的雪花对天空的告白沉重和珍贵

致友人

抵达呼伦贝尔的第一天
烂如一摊生活的乌云遮蔽着天空
轻盈的骏马被赶进一场死亡的盛宴
蒙古包升起的炊烟，恍如别离的脚步，曲折而艰辛
这些草原上的事物，不管好与不好
或多或少在修剪着我的难言之隐

每年选择去往不同的方向
离开你更远一点，更远一点
即使来到曾经金戈铁马的草原
蒙古族的长调还是搬不动心上的石头
马奶子酒射不出英雄的宝剑
更是无法用在场者或不在场者的口吻
向你讲述寒风舌尖上戗出的阴晴圆缺

已经燃起的三昧真火，怎会轻易熄灭

可以确信的是
我需要一把锉刀重新清理生活的指甲
母亲说，每个人都有一道要过的坎

你就别再为我操心了
我不想再臣服于语言的暴力或者贿赂
不管我是一团烈火还是一块寒冰

程韬光

　　当代学者、作家、诗人、编剧。中国作家协会会员，中国电影家协会会员，中国电视艺术家协会会员。现任中南财经政法大学新闻传播学院教授。兼任郑州市文联副主席，郑州市作家协会名誉主席，郑州市政协文史委副主任委员。代表作：长篇历史小说《太白醉剑》、《诗圣杜甫》（上下卷）、《长安居易》、《碧霄一鹤——刘禹锡》，剧本《大唐诗圣》等。作品被广泛改编为广播剧、话剧、电影、电视剧，获全球华人根亲文化杰出贡献奖、第十二届中美电影节"金天使"奖、中宣部核心价值观优秀作品一等奖、中国当代小说奖、第二届杜甫文学奖、首届杜甫文化杰出贡献奖、杜甫研究成果特等奖、"文鼎中原"优秀长篇小说奖、第九届河南省"五个一"工程奖、河南省优秀图书奖等诸多奖项。

站在生命的河岸上

站在生命的河岸上
允许我到彼岸去　寂寞的心呵

透过时间的树叶你还能看见什么
月光下成熟的麦地
一群往事一首旧歌
掩在竹林深处的草舍和水

树叶已摆渡它们到彼岸去
我梦见一只鸟在那里日夜歌唱
还有噗噗落地的果实
溅起的叹息……

站在生命的河岸上
允许我到彼岸去
我的生命简单正直如一根苇笛
让自然吹响它

穿过秋天的林子

被阳光镀金的
被梅雨染湿的大片岁月
铺满秋天的林子和小径

穿行其中

脚步惊飞的鸟从沙沙的落叶中
飞回树上
仿佛无意碰翻记忆的杯子

循声望去
一条河摸着石头于近处溅溅流去
摸着石头过河
时见几束探头探脑的花与风交谈一处

满地的草拥着膝
使我悟到自己原本是一株草
我来林子看看
就像探望久违的乡亲

八月，你的浆果覆盖我

八月——你的浆果覆盖我
这自然的恩赐使人受宠若惊

遥远的时间在天空
漂泊不定的灵魂皈依星辰
从未知的树下
向一万个方向飞翔
直到累了双脚扛我回来

真实的你的胸膛
温暖得令人忧伤

风徐徐吹来

擦脸吹响身后的万物
草叶乱飞谷穗摇晃……

鸟的声音在树木上方
声音穿透你鸟的影子却看不见
茫然四顾
就见炊烟纤绳的路径
以及果园的柠檬花香

自然我风尘的衣衫
曳过时间透明的水
耳朵呼唤声音
眼睛探寻亮光
自然——星辰隐去了
太阳陨落了
你是人类唯一的家
谁还能离开?

手持木枪

满月的天。十月的稻子熟了
我持着木枪守着家园

这是平原的村庄
长满果树
果园里悠着花鼓腔
放下草镰的乡亲端着大碗
在月光里歌唱自然与爱情
安居乐业

南风徐来
我盯着神秘的稻穗浮想联翩
想起我的兄长
如何走进硝烟
（他再也没回来）
想起开满花朵的
像收回种子一样收回我兄长的
土地
长着稻子抑或麦子
就要熟了

兄长留下了这根木枪
在我手中
为了宁静的家园
我时刻准备牺牲

棉　花

棉花盛开原野
窈窕淑女的姐姐穿行其中
一串棉铃响起连绵不断的梦
棉花洗净姐姐的手
她准备收获爱情

烟尘扬起乡长下乡
车轮拧着道路崎岖不平
看看丰收的棉花
看看姐姐的面容

棉花堆放田头如雪
黑手伸进去掂量棉花
姐姐愤怒忽明忽暗的烟头
担心一场大火使棉花蒙羞

表情和天暗下来
跌价的棉花使姐姐的汗水变成泪水

姐姐，姐姐，我热爱棉花
我要把棉花种到天上
成为白云

河　岸

土堡置在河岸
金黄的秋秸掩住眼睛
一片黑暗
死亡的白花照亮土堡
我屏住呼吸
紧紧攥住生命的草帽

倾听吧，哗啦啦的阳光在门前的河里
注定带走石头和生命
沉默吧，野兽划过殷红的茅草
风在砍伐岸边的菖蒲

蒋玉玲

出生于广西壮族自治区桂林市兴安县。中南政法学院（今中南财经政法大学）法律系 87 级学生，1991 年 7 月毕业后先后在广西壮族自治区交通厅、交通征费稽查局、南宁市国税局（税务局）工作。

绿皮火车

绿皮火车
走吧
天鹅绒般质感的黑色背景之上
夜为你划开了一道惨淡的航线
穿行其间
我追赶着你

热风拂动着闪逝的林木
列车员灰鸽色的制服悠闲晃荡
稍显悲凉的远远的山景
很有年代感

我蜷缩在嗡响的车厢
途经了车窗下的每一段铁轨
倾听车轮驶过上面接缝时每一道声响
我战战兢兢
试探着画风不一样的邂逅
追赶着
另一个自己

再一次
我为自己圆了谎

三峡坝

准确地说
是那千帆过后的石破天惊
我开始了我的
破罐子破摔

万岭静
寒光清照的猿啼
包括我刻意回避的
空旷的一生
都与你有关

你那么旧
想来怎么无视你都不够

然而在任何搅动思绪的时刻
记忆如回潮的哑炮
往往在人最脆弱无力的当口
平地炸响
弥漫一整夜的回音
我只好摆正身段
和往事握手言和

临江凭栏
波涛在吟唱
你我之间再怎么遇不上
也必须知道
总有那些零星的思绪

纷纷投江
穿过那缥缈的截流
与你的守望
对接上

胡不度

中南政法学院（今中南财经政法大学）法律系 87 级学生，20 世纪开始创作并发表作品，主要作品有长诗《生于 60 年代》《献诗：高原》《地之极：在那遥远的地方》《回望长安》《时间，在丝路上静静流淌》、杂文集《诗学笔记》等。作品入选多种文集，部分作品被译介到国外。

夜　哭

深秋的冷月照过来时，有人夜哭
故此，清晨的露水碰不得
秋霜也碰不得
时间总是无为而逝
而你却不能无谓地度日
无谓度日其实也没什么
但你不要怀春或者伤秋
不论是花自飘零水自流
还是秋风萧索万物凋零
都不能让你靠近生活的意味
生活的意味我并不明了
生活的意味你是否明了？
深秋，那夜哭的人是你吗？

忍冬草

秋风乍起，乍起的还有荒凉
荒凉占据了麦地，蔓延向四方
但你要守着你的心
不要让他得逞
不要让他肆意妄为
荒凉占据了四方
但忍冬草仍然在伏地生长
你要和荒凉对峙
看看到底谁会败下阵来

芦 苇

十五国风里的芦苇叫做蒹葭
"蒹葭苍苍，白露为霜。"
但吟诵国风的时代早已经死去

干枯的芦苇站立成逝去的爱情
在秋风中瑟瑟作响
痛惜在清晨里化作薄薄的秋霜
薄薄的秋霜覆上我的脸颊

麦 芒

还有麦芒，当爱情伸手
伸手向饱满的麦粒
麦芒无声无息刺破了忧伤
爱情的疼痛化作了
惊散的鸟群

鸟群扑翅向上又落下
暮色吹过来时
鸟群也被卷走了
麦地里，黑暗逐渐上升

人　间

在浩瀚的宇宙中
人间是个奇迹
谁说不是呢？

霞光在上，在
云端和云端之间
奔跑

风在嬉戏，在
天空和大地之间
扯起了一道薄纱

你和我一起
向着阳光生长
阳光一寸比一寸更温暖

沿着阳光的道路
我们探索自己的痕迹
阳光和时间一起迷惑我们

沿着阳光的道路
人间正在远离
远离最初的缘起的一刹那

在浩瀚的宇宙中
人间永远无法得知
最初的缘起的一刹那

流星雨

我如群星，夜以继日地
从宇宙的最深处
一路向你飞奔而来

只为了，和你相见
把我的一生结束在
璀璨的光芒中

只为了，能够让你
在我湮灭的一瞬间
在漫天的星光里
温柔地低头，低头许下
那个深藏的心愿

佩 韦

本名韦忠儒，中南政法学院（今中南财经政法大学）经济法系88级学生，现在中国建设银行广东省分行工作。曾在《中南政法学院报》《大学生》《诗神》等发表诗歌。有诗作入选朱雪里、杨建堂主编的《大学生抒情诗选》和王键、阿毛主编的《山湖集》。

诗

过去他患上一种叫"思无邪"的病
必须把爱恨情仇制成诗
作为缓解病痛的药方
如今他的病好了
再没有什么纯真
可他依然写诗
诗里的成分不明不白
他知道给自己服下的是假药
就像在坟前给故人烧纸钱一样
他知道没用
但必须虔诚

远　方

眼前的风景很美
但都不如海子说的远方
"远方啊！除了遥远一无所有"
这是他年轻时读过的最美的诗句
而如今，除了这句诗成为远方
再没有什么远方了
他不记得何时如何来到了此地
他在此地能看到天空
能看到天空之外的天堂
能看到天堂对面的地狱
甚至能看到天堂和地狱轮回的尘世

一切都不再遥远
也不再一无所有

十二月的亲情

南方的阳光和北方的雪
一个少男一个少女
他们是我的两个孩子
一个在我的白天
一个在我的夜里

南方的清晨
阳光男孩被窗外的鸟鸣叫醒
他掀开夜的被子
露出光滑细腻的金黄色的肌肤
然后戴一顶蓝天的帽子来到屋外
在花草树木上玩
在山川大地上耍
整个白天温暖是他的血液
这血液缘于我的基因
是不能割舍的亲情

在夜里，北方的天空飘着雪花
飘进我的梦里
成为曼舞的少女
所有的热恋都已经冷落
留下这样一个美丽的女儿
带着我的爱情
延续我的诗意和远方

我们的血里流传的亲情
是黑暗中执着的洁白
和寒冷中飞扬的温柔的相思

十二月的亲情是单纯的
只有南方的阳光和北方的雪
他们是我的两个孩子
一个在我的身边
一个在我的梦里

夜　思

黑夜像一把钝刀
使劲地割着他的灵魂
半夜中他疼醒了
却看不清凶手

他觉得爱情很是可疑
不知何时这个家伙变得龌龊
白日不见
总是在夜晚才偷偷摸摸

但他抓不住把柄
灵魂这东西是个神经病
它早已血肉模糊
却只能是个物证

因此他醒着
醒成一块磨刀石

他看见一把钝刀在他身上磨着
他努力想逮住那只磨刀的手

茅台镇遐想

在茅台镇
他希望成为麦子
将自己破碎
制成酒曲

他要和红缨子谈一场恋爱
互相浸入彼此的灵与肉
将平淡如水的生活
酿成酱酒

然后封进千千万万个曰子的坛里
从此以后
他每一天饮他们的爱情
越久越是醇香

我和天空有个约会

人间四月的芳菲尽了
它们爱的灵魂升上了天空
如花的初恋也已逝去
我的热恋，是和天空有个约会

现在她就在我的前方
出落成一个刚好成熟的美人
丰满的蓝里蓄满魅惑
纯真的白云暗送秋波

我和天空有个约会
约了父亲节一起去看父亲
端午节一起去看屈原
女儿节一起生个女儿

约了在我的生日
用你的蓝染我的白发
以你的怀抱我的沧桑
我们举办一场复活的盛宴

雨的愿望

乌云密布
天空怀胎十月

一会儿下雨了
无数个孩子呱呱坠地

他们将在地里成长
回到天空是他们一生的愿望

母亲在的地方就是归宿
即使天地之遥也很亲近

白政瑜

中南政法学院（今中南财经政法大学）经济法系 89 级学生，现在深圳某机关工作。工作之余，锅尔舞文弄墨，在各类报纸杂志上发表散文诗歌百余篇。

等待冬天的到来

降温的预报隔三岔五
肃杀的冷风终未袭来
像习惯于某种场景
一半在厌倦
一半在留恋

一年到头最难得的季节
没有湿漉漉的围裹
湛蓝的天空如憧憬的单纯
时间的重量是荒远的虚无

像一行灵动的音符
飘逸于土地之上
像静谧绽放的杜鹃
迷香在心里

喜欢与天地独处的时刻
享受午后灿烂的阳光
等待冬天的到来
春天已在路上

海

行走于大海的深处
一切便迟缓下来

心事像岸边灯火渐渐远去
天地间变得更加纯粹
只有船和海的悱恻
像欲罢还休的情侣
朝霞和余晖格外相似
只是立场和角度有些模糊

驻足高高的甲板
太平洋的风有些湿暖
海面像沙丘像麦浪像迸裂的翡翠
平缓下涌动着漩涡和魔障
白色的浪花如刀光剑影
转瞬即逝又周而复始

看不到陆地看不到轮船
虚空中没有方向
年轻时总梦想抵达大海的彼岸
中年时才明白生活的质感
而我们依然笑对风雨
当做青春
从未走远

我期待

我期待
每天醒来能看到不疼的数字
生命的力量拉动拐点的到来
哀愁泪水汇聚江河快快远去
和煦的春风吹开每一面笑颜

我期待
灼热的太阳烧烤阴冷的大地
彷徨的大雁飞返宁静的故乡
磨山第一朵桃花自由地绽放
南湖的新芽染绿灰色的天空

我期待
迎接逆行的勇士铿锵地凯旋
致敬背影中那些勇敢的奉献
美丽的诗句毫不保留地给你
多难的民族风雨中更加坚强

叶

窗畔的一片树叶
或者小花
前几天还枝繁叶茂
春意盎然
然后就飘零坠落
像自由落体
不可控制
衰老如加速度
日甚一日

也会有新的嫩叶重绿
也会有小鸟攀爬窗棂
每天都会有新的阳光普照
演绎十八里相送

男耕女织
桨声灯影
羽化成蝶
日新一日生生不息

彩虹涂抹六月的鹏城

有雨，有热，也有风
彩虹涂抹在六月的鹏城
缤纷的幻影笼罩了遥远的距离
短暂的相连表达爱慕的奇迹

纵使光芒只是一粒粒尘埃
也要顽强地构筑价值的存在
就算是如雾如电的泡影
也有靓丽
闪耀在寂寞的青春

能在这风中雨中彩虹中高歌一曲吗？
书写穿林打叶，吟啸徐行
还有多少梦想能在瞬间绽放？
就像彩虹
涂抹在六月的鹏城

於中甫

中南政法学院（今中南财经政法大学）经济法系 89 级学生。籍贯安徽，现居广州。中国作家协会会员，中国诗歌学会会员，广东省作家协会理事。鲁迅文学院第 33 届中青年作家高级研讨班学员。先后获全国第七届冰心散文奖、2016 冰心儿童文学新作奖、番禺市文学奖等奖项。出版诗集《我的唐诗宋词》《城里的布谷》等。

晒太阳的日子

你把往事一股脑儿从日记里拉出来
抱着小心翼翼地
沿着楼梯
一级一级
从一楼到七楼
往事太多往事太重
往事太潮湿
你便成了一个富有的诗人

汗在风衣里面汩汩流淌
你上楼顶的脚步越来越慢
冬天的太阳好得不能再好
你将楼顶全盛满你的往事
你脱下衣冠楚楚
赤条条如一尾鱼游弋
慢慢往事水落石出
你搁浅在阳光下

落日熔金
你的往事一个个熟透似的
涨红了脸
你再一次下楼时
发现里面多了一首诗
滚烫的
如一枚冬天的太阳

点　亮

火柴点亮
一个呼吸就可以熄灭
火把举起
一阵山风就可以熄灭
火炬腾空
一个按键就可以熄灭
而点燃一盏小小的心灯
黑暗里的希望和梦想
生命里的源源不断的能量
就像小宇宙里的一轮太阳
属于每个人原创的光亮
微弱的摇曳的
在冬去春来的嬗变中
照耀万物生长

那些鸟鸣

那些鸟鸣在晨曦里次第响起
就像雄鸡准时地叫醒
酣睡的乡村
鹦鹉八哥画眉以及
来自不同地区的
精灵被迁徙
住到都市里不会再离开
它们只是在鸟笼里高楼上

在汽车空调人声嘈杂中
一个短暂的前奏
其他时间它们缄口不语
更远处
村头的草堆上的纷纷鸣叫
秋风吹动它们凝脂的羽毛
那是秋后的稻谷场
麻雀的欢叫被稻谷映得金黄

方便面里的几棵蒜

我把几棵大蒜
这村民在自留地上
用农家肥养大的
嫩苗
切成一个个细片
一碗死气沉沉的面便顿时
有了乡村的颜色和味道
面条来自流水线它们早已忘记
故乡在何处
碧绿和青嫩
汗水的浇灌
没有任何化肥和农药
它们融入一起
不啻是妙手偶得
这些许绿色
从千里之外跋涉
而来

那些花朵灿若繁星

那些花朵如头顶的繁星点点
一年一度地更新
没有谁能记起之前彼此的模样
与后来者有何不同
开仅只开一次
年年魂兮归来
那些乌云
一朵朵遮蔽了仰望的视角
就像路上突然陷落的沟渠
在高处和低处
有无数繁星和花朵
有无数乌云和沟渠
而你在这天地之间
轻松可为的就是饱览一切
自然的恩赐

清明时节的午后

20 年前的雨声
滴落到屋檐下
听觉上没有什么不同
连绵不断
在四月的乡村溅起

荔枝和龙眼的花期陆续远去

偶尔一辆摩托呼呼开过
二楼向西的房间
蚊帐垂下的小床
被子里零散的梦留恋着
不肯醒来
对面老房子即将消失
雨水给那些没有遮拦的砖瓦
作最后的洗礼

突然发觉一下子丢失了
小河清清流淌的时光
光线慢慢暗下来
远处农田边拔起的高楼模糊一片
楼下儿童们的欢笑
和几声鸟鸣
清晰传来

庄　稼

当城市不断推进
我们世代居住的不再叫乡村
我们扎根的不再是一捏就碎的泥土
灌溉我们的不再是农民兄弟
我们其实在被种植被生长
我们怀念那些清澈的溪水和快乐的小鱼
那些伙伴再也看不见
我们在高楼大厦的夹缝生存
我们绿色的茎脉里流淌的是各种混合营养
我们就这样坚强生长

我们开始迷失和惶恐
我们只是物流
把有害的元素还给始作俑者
还给人类
总有一天我们长成无迨荒芜
期待一把野火的熊熊

桥上的情侣

他们不是模特
不是摆拍
自然走到桥的中间
而且这时没有别的人再走进来
半圆形的拱桥在上
水面也有一个
合而为一个圆
偶尔一点涟漪
在水面
他们靠在一起
在这个叫南浔的古镇团圆
落日熔金
阳光打在他们的背影上
把他们镀了进去
而对岸有惊喜的镜头
把他们记录下来
他们旁若无人窃窃私语
他们携手离开时
光线瞬间暗下来
眼前只有半圆形的桥

在半空中空荡

无可厚非却不辨是非

他们的笑脸可以不给低处的小草和野花
它们虽然开得自主
却不能主宰春天
他们向上的仰望
无可厚非
几千年来
他们只不过本能地重复这个僵硬的动作
何以可以不辨是非颠倒黑白
我才知道屈子行吟怀沙汨罗江
嵇康一双青白眼迎来送往
陶渊明宁可采菊东篱下
李白天子呼来不上船
他们为何与众不同搞不好关系
自由之思想独立之精神
这写给王国维和
不多的几个人

夜　行

晚饭后华灯初上
脱掉疲倦的皮鞋
换上平底的球鞋
双脚不由自主地发痒

122

身体也期待血液循环加快

到江边去
游船来来回回周而复始
到桥上去
汽车车水马龙飞驰而过
到巷中去
人群男女老少擦肩而去

准备去夜色里行走
找寻久违的感觉
不知会遇见什么
肯定有些什么可能性
不经意地来到
不让我两手空空
比如
一条宠物狗的欢叫
一首歌的律动
一群舞者的旋转
一些文字突然跑到我的指尖来
就像鱼的跃起
惊喜的弧线

早晨

鸟醒得比闹钟还早
雨水从远方赶来
赶集一样

宁静的城市
开始歌唱
这天籁之音
在窗外
最佳的组合

多少年前
这雨水还在老屋檐下滴淌
燕子在梁上呢喃
祖母已忙碌在灶上
柴火熊熊
把丝丝白发照亮

唐　驹

　　本名袁雅蓉，出生于新疆乌鲁木齐。1990 年 9 月至 1993 年 6 月就读于中南财经大学（今中南财经政法大学）研究生部国民经济管理专业，现居深圳，供职平安银行总行。已出版诗集《武汉之春》（2006 年）、《赛里木湖的神谕》（2012 年），后者选入 2014 年广东省年度诗歌奖终评名单。荣获深圳"第一朗读者"2015—2016 年度"最佳诗人奖"。深圳市作家协会会员，现任深圳《前海潮诗报》主编。

天空的眼瞳（组诗）

预兆时刻

彩虹出现过了就承诺不再离去
她用雪亮的刀锋在我心中轻轻刻下了伤痕
她用温柔的语言和水洗过了这伤痕
这伤痕在后来的生活中燃烧愈合得无影无踪

彩虹在靠近日出的旁边出现时
我的皮肤上出现了一阵模糊不定的低语和低烧
低语向黎明初现的天空飘移
低烧正向一切有光有源的万物靠近

当火焰在宇宙出现以后旋转再旋转
最后成为地平线上悬出的沉静无比的一幅画面
我嗫嚅地问身边沉醉无比的画师：那幅画中实际上
或名义上的那个孩子是我还是我的象征

他好像还留在彩虹世界暴力的震惊中
像一座火山久久未苏醒　到了晚上他才告诉我：
天才的时刻都是艰难的时刻
"用彩虹的坐标目测这个世界
是一个大师级艺术家就要诞生的预兆"

卖　花

我手中的那些苦也可能变成彩虹
它们在那些岁月中沉默和挣扎它们知道

卖掉冬天和春天
才能走到夏天和秋天

在贫困的岁月里站在路旁卖花
那些心爱的花朵跟随着陌生人去了
陌生的世界它也不知道我的眼泪是苦的
我哭着把它卖给另一个世界

另一个世界可能是温暖的在另一个世界
要好好爱护自己
要知道花语在卖出去的时候已经埋藏在地下
在春天的时候就会发芽和开花
让所有无知的人感动和惊讶

我写给自己的苦有一个白色的手帕
它是早年写下的预言
它说让苦难沉睡着长大
一路追随着彩虹变成它的温暖的家

白色的睡眠

我的夜空是白色　我在夜空中的睡眠
要全部变成白色的睡眠白色的星星站在路上
向我招手风骑着白色的跑车奔跑
把一路顺风的树柳变成了白发

我的白发也随时间而飘浮
白发在时间的火中变成了火焰
把我的睡眠惊醒小屋变成了白色小船
我看见了那一片白色炽热的沙滩

这里的白色空虚　闪着不确定的光

仿佛有另外一个人偷窥的眼睛
我仿佛用眼睛凝视着另一个人的心灵
她缓缓坐起来梳理着头发说那就是我

在夜晚那就是白天另一个人的心灵
那就是我那就是失眠者发散出来的光芒
像双瞳和心灵之光相撞然后夜晚
就像白天一样把天地照亮

转世向佛

梦境中的那匹马已经跑远了
就像古代的那些梦境和青山
在天上飘下来的一片佛叶上
它写下了虚无和灰色

梦境像一团火那样燃烧又熄灭了
从远方来的客人是风还是水
或是像佛祖在空中弥漫的宽容的心
在它的羽扇下梦境慢慢收起了翅膀

在那片佛叶上仔细辨认梦境
她的明眸、发辫以及唇际
她的莲花手指的拓印和循空的踪迹
全部在五月之后失去了热情

只有奔向佛祖的那匹马获得了伽蓝
它既不强壮也不瘦弱
它是蕙心如兰的那一匹马
它也不在流传千古的名画中它已经转世向佛

黑与红之约

黑暗中诞生的红。黑得更黑和红得更红
当白靠近黑
黑更像一个愈来愈大的花朵
黑更像一个愈来愈大的天空和大树

当没有白天的时候，黑的童话悄悄来临
它翻开一页书指着空空荡荡的黑说
一切生活都要在黑中存在不存在黑的世界
是荒谬的和可耻的

黑笑的同时也哭了
它流出的眼泪是一种最后的毒药
它只具有黑的世界中的药性是黑的毁灭
因为在最后的日子物质逢黑必定枯萎

而白也没有诞生
白隐身在黑最隐秘的一个错误环节中
它在冰冷漫长的世纪里等待着火和红
等待着红烧红另一个漫长的世纪：
不可毁灭也不可复制的是时间之约

十字架

我握着空虚的秘符走向真实的世界
手中的秘符渐渐变成了十字架
白色的河流和道路在远方汇合
道路在荒芜中变形它也开始趋向远方的十字架和云图

只有我握着彩虹授给的秘符
念念不忘黑暗之后会有发光的飞碟
它来自另一个世界的智慧和另一个光明的法则
它是抛弃这个现世十字架的始作俑者

我理解这种苦涩的味道
站在彩虹的身后漫长黑暗道路中风的匕首
总在闪闪发亮它龇着发白的牙齿
有的时候它闪着狼的眼睛

它不断地向我重复着十字架
十字架和飞碟有时候还有一块金砖
生存的希望盛大的时候　幻觉也开始盛大
在不自觉中我与另一个自己开始搏斗。

黑暗之舞

我听见彩虹判处黑夜
无罪之罪。因为黑暗总是站在黑暗那边
它伸出了一只黑暗的手
画出的是一颗流泪的黑暗的心

和黑暗站在一起总是孤独的
在回忆中没有光和城墙
雨落在海面上仿佛在世上祭奠被烧死的黑暗
又仿佛在期待黑暗之后宗教的来临

和黑暗一起等待静下心来看一只蝴蝶的
黑暗之舞。大河与它的舞姿一起倾斜
黑暗的火焰靠近它的双眼
它的那双翅膀高高举起变得轻得不能再轻

我已听不见黑暗的法庭的判词
让黑暗的心流出的眼泪仍然是眼泪
仍然有温度在黑暗中看见的那些美丽
它们的未来已经不再被黑暗所操纵

未来的事件

天才往往看见了黑暗他们还看见了
和黑暗站在一起的伟大的声音
只是那时候
那些声音还没有站起亥的身影

而黑暗看见的往往是愚蠢
在这一来一去的相逢中却隐藏了
一段影响未来的事件
他们站在一起却揣着完全不同的人生真相

黑暗中的方向就是火把的路径
这是一个设计完整的黑暗世界
从迷宫开始经历九百九十九道关口
必须留下那个预定的天才的沉思和气息

才能在一棵彩虹的大树下找到出口。
他才能看到有彩虹的夜空
比白天的天空更加丰满
更加靠近一个有加速度的航海技术的海洋

黑天鹅

夜空之上镌刻着一颗蓝宝石的心
和他的主人的姓名暗火在燃烧

比白银更耀眼的碎钻排列在夜空的眼睫之上
一列更黑的列车更快地驶过

远方有一只缓缓游动的黑天鹅
她在湖面上的优雅犹如独舞芭蕾
她在等待远方的舞伴到来　等待夜空的眼睫眨动的时刻
黑色的列车送来白色的恋人

她还不能确定即将来到的恋人
是白天鹅还是黑天鹅　与白天鹅合作的剧目将是经典
而与黑天鹅的合作将是传奇
她暗暗地将自己的内心分为黑白二半

更黑的列车已经过夜空眼睫的中部
再向前就要经过黑暗中的原始草原
草原之后就是这片原始湖黑天鹅和她的家族在这里生长
她要亲自迎接这列驶向未来的过站列车

大河之神

大河之神在清明节的黎明前
就已经醒来远处有一片帆影和桨声
农夫吆喝着早耕的老牛
岸边的人影在匆匆赶路

一条精神抖擞的大船在河道中
慢慢驶近了它是传说中的三层画舫
船舱里灯火通明能工巧匠们分散在舵位上
梦幻之火在他们脸上微微发光

当船帆缓缓通过那座在梦境中伫立很久的石桥
刹那间让人流变得生动和温暖起来

人们在相互问候和祝福中
把清明节赶庙会置办得熙熙攘攘

大船走远之后人们也慢慢走散了
石桥开始收回白天的盛况
继续默默伫立在街头清明节的传说
像一年一度的烟花走了散了

天空的眼瞳

道路突然出现在梦境中
一群影子集体走在道路上影子
一半是海水另一半是火焰
我的影子是火焰

道路在左梦境在右
我行走的道路未能与梦境同行
我是落在道路上梦境的影子
影子挣扎着站起来顷刻间又摔碎
在道路上

天空我在你的眼瞳里看见了
道路的影子我还看见了自己的缺点
那是天空用无言告诉我的真理
那只手在天空中写下了几个字

这是我们邂逅幸福的最后机会。
天空在道路上撒下那些影子
它们手拉手在风中奔跑　它们的身影
变成了红它们最终都归于天空
这就是天空对梦者的最后解释

天　空

这是一个平凡的日子
我要像打开一扇窗那样
打开天空　让风进来
抹平这样的天空　再放入一只油画上的飞鸟

至少它要像我那样平凡
有一双平凡的手　能为自己打开天空
能抹平心灵上突起的风暴　能一语不发
也能找到一颗感恩的心

能看见天空中平常的路径：
层层叠叠泼墨的天空
在高高的山冈上玩耍　它的汗水和笑容
是奔腾过来的雨水和闪电

这些都是天空的梦幻。
都需要我用平凡包容　我在梦睡中
比天空还要大还要轻。
这是一粒梦食　我要喂入那幅油画中
飞鸟的嘴里　幻想有一天它振翼
对着天空说出彩虹

易春雷

湖南隆回县人，1994 年毕业于中南政法学院（今中南财经政法大学）法 9005 班，现居深圳。作品散见《光明日报》《文艺报》《当代诗坛》《作品》等，出版有诗集《因为爱》《近山水》和诗歌摄影集《喀什的天空》。

历史天空（组诗）

屈　原

夜深人静汨罗寂寥望苍穹
数粒星光暗淡未曾动
世人长睡安逸各造千秋梦
清辉无踪悲喜往事心头涌

也曾壮怀激烈图议国事谁争锋
挥斥方遒天下洞庭逞英雄
也曾铁马冰河踏破黑白山河崩
狼烟四起见疑流放亦从容

江畔吟哦纵身一跃太匆匆
孤影沉江告慰广寒宫
离骚凯旋三角粽千疮百孔
斯人独醒天高地远大不同

从此剑胆琴心楚国凋谢端阳风
江山社稷魂飞魄散一抹红
从此九歌流离仰天长啸天问中
归去来兮香草美人如如空

苏东坡

黄州梦断千帆赤壁古意寒
元气淋漓傲骨如铁无须叹
寂寞沙洲冷漩涡谁得安

何忍天下灯火尽阑珊

千山万水阻隔踏碎琼瑶欢颜
西湖扁舟蓑衣拨弄谪居琴弦
庙堂声远自由丈量河山
不问归路何处下一站

儋州豪放天边海角鬓已斑
光风霁月赤心犹在笑不减
苦雨孤灯淡朝云等雾散
去国经年野鹤归来晚

水落石出乌台阴阳难卜聚散
苏堤垂柳飞絮丝雨痛泣江南
千年麟角文忠发心守愿
惊鸿照影清风明月间

王阳明

携清风明月江南少年郎
提缨枪骑白马欲射天狼
暗室一炬豁然开朗
石破天惊悟道边地龙场

天道人心岁月无常
可悲可喜可叹信马由缰
知易行难合而为一厚德流光
清辉如水映照人间多少景仰

抱剑胆琴心良知千古光
跨险阻越中原横吞长江
宦海沉浮大任独扛

奇功屡建经略无问四方

文可安国武能定邦
立德立功立言巅峰回响
此生光明亦复何求惜成绝唱
凯歌一曲能有几人内圣外王

杜　甫

溪畔柴门浅开秋风扬
客自远方煮豆把酒话衷肠
难得锦官城无恙
草堂即宇宙赤心固若金汤

湘江孤舟横斜挂夕阳
无根流浪沉郁顿挫叹离殇
终有观自在俯仰
星河瞰主人热泪滴落悲壮

马蹄卷起安史乱
离中原入巴蜀转西北越潇湘
扶妻携子追逐命运
山高路远肩挑忧国忧民行囊

笔底波澜多苍黄
山河在草木深尘世薄日月长
民间疾苦伤世入骨
诗圣桂冠依旧字里行间飘香

李　白

神意醉大唐不改飘逸轻狂

纸墨备上月亮落成雅爱诗章
天生不挤独木桥
打碎满地崇拜目光

长安马蹄疾一朝春风登堂
潇洒回望仗剑山川下笔琳琅
仰天大笑出门去
天涯孤旅骑鹿闯荡

不问世间谁人有我海量
一滴豪情梦里犹香
不问诗酒谁能比肩七绝
只求一曲辽阔诉我千丈衷肠

如若江湖传奇有我分量
桃花潭水白发千丈
如若初见已知某夜追月
且当乾坤挪移送我万里疆场

白居易

吟不完的诗
缀玉连珠六十年
饮不尽的酒
邀来明月枕青天

参不透的禅
龙门草木明心鉴
揉不绝的琴
飘渺仙音绕人间

五百年里一乐天

琵琶声中泪湿衫
兼济无望回头望
石火此身求独善

五百年里一乐天
江州司马恨离散
少年白首盼聚首
聊借星光驱深寒

陶渊明

许是东晋眼神泄露天机
参透这人世浊清雨雾迷离
进进出出戏台依旧
不为五斗米委蛇混迹

抑或上苍眷顾人间欢喜
馈赠桃花源梦境安抚天地
来来去去时光不老
采菊东篱下田园印记

盛年不重来光阴白驹过隙
何须因秋风解落青衫长衣
一杯酒惹一片尘
千年阳光也难敌豪情不羁

清水则无鱼搁浅克己复礼
执念于幽径归隐远树蓑笠
一卷书披一豆灯
三尺案牍仍依稀辞赋灵气
三尺案牍风卷起明月山溪

辛弃疾

豪放马蹄深深卧月光
故土千里纷扬胡笳犹在唱
国破梦中回首望
迟疑半晌难思量

浮生妄徒手也敢摘星芒
醉里挑灯铁骑驰沙场
论沉浮起落曲高无恙
可怜鬓发染秋霜

十议九论雪恨万重浪
庙堂心事冰凉江湖独自闯
壮岁旌旗谁敢挡
热血化作词一场

词中龙纵横捭阖永流芳
天风海雨青玉留绝唱
祈世人所愿天地安康
俯仰山高与水长

岳　飞

天日昭昭绝望悲愤无情淹没
摇摇欲坠半壁江山泪眼婆娑
十二绝尘金牌催命去日苦多
历史天空彤云低垂划过

演绎千古冤的陨落
六月飞雪洗不净无耻泼墨
朱仙镇梦里交错

剑影里策枪跃马应是英雄如昨

精忠报国功名尘土耳鬓厮磨
还我山河壮怀激烈热血闪烁
铁骑北卷直捣黄龙贺兰踏破
巍峨长城放任狂风大作

写怀一阕气吞山河
与君一曲满江红对酒当歌
栖霞岭浩气如昨
长啸吟擎天一柱风鹏精忠报国

谭嗣同

君可见暮霭沉沉楚天阔
丹心一颗祭浏阳
君可见城头大王旗变换
断头风吹帽何妨

出生富贵心忧天下苍黄
敢以四两性命挑战万重浪
入刀山火海凤凰涅槃
六君子有我血洒法场

最难忘神闲横刀向天笑
肝胆昆仑话离殇
最难忘已知生死两茫茫
虽千万人我独往

落入凡尘悲悯人世沧桑
甘用三钱热血博取不自量
看古往今来图存救亡
一缕风翻过汗青中央

刘　勇

生于湖北省荆门市屈家岭管理区五三农场，1991—1995 年就读于中南政法学院（今中南财经政法大学）法学系行政法专业，现在江汉油田职工培训中心担任培训师。

宝合门街

你没法再次路过那条道路
那条川流的寂寞的河流
那堵面孔堆砌的墙
你站在民主街的对过
穿着旗袍，穿着丁字裤
穿着琵琶襟，穿着背带裙
穿着伤痕、青苔和补丁
穿着平平仄仄的辞藻
年华中华美的附丽
我想洞穿这鬈边的饕髻
看你什么也没有穿的样子
可你却穿过宽阔的巷子
穿过炸油条的铺子
穿过买汉堡的快餐店
穿过康熙二十年
民国三十六年
和公元一九八七
那时南货大楼卖着南货
北货大楼卖着北货
杂货铺卖着杂货
可当年的小汉口毕竟不是汉口
客运趸船停航在淤塞的港里
往事停滞在语塞的口里
爱和恨停泊在你的唇边
你停在你的族谱里
因果太重恩怨太轻
像这条小巷距离太短历史太长

后来洗头房其实不洗头
广场也不再是广场而是商场
小姐、少爷都成了脏话
你一转身就带走了最美的时光
我瞻仰着伊的遗像
佛龛的灰烬熏黄的县志
想起你坐在第四组第三排课桌时的模样
红色长裙在火把堤上燃烧成火把
点亮十八岁的夜空
江风中的头发叛逆成海盗旗
随波浪荡了余生
昨晚黄昏我又看到了尔
再一次走过这条街
也许是最后一次
从南到北消失在容城六道
只留下街巷，留下店铺
留下地图上的线条罗织成的网
留下你的名字沉没在我的沉默
留下拥挤的人海里我的躯壳
残存在宝合门街上

日落江汉

太阳陨落
像一场浩劫
点燃荒草渴望燃烧的热情
那镀金的逐日的谎言
第几次降临时已无水可汲

当河流也转身离去的时候
岁月堆积成锯齿状
石头与石头咬牙切齿
为夜的卵翼所温暖
孵化着一个又一个梦魇

天空长满野草
远古的渡口摆渡着自己的记忆
孤帆早已遥远得望不见背影
当余晖最后一次回眸的时刻
历史凝结成固体

绿色的瘟疫无边蔓延
风为田垄和林网凌迟处死
碎片阳光的碎片
这金色的鸟儿
在自己阴影的追逐下无枝可栖

仓皇奔逃的道路蜿蜒宛如命运
在大地的胸膛上刻满伤痕
沿着植物的每一根神经纤维传递着痛感
多么甜蜜那等待于身后的黑色睡眠
谁醒来谁就是罪人

东荆河

悲痛的暮色
谁也没法拒绝
任天空流尽最后的血液

只有千年的月光
映照在东荆河
或者每一条水流上
每一个无辜的名字上
夜是唯一的送葬者
这旷野无人幸免

柿　子

她以圆润的形状空着
她以液体的状态透明着
美丽得像一只玻璃杯
盛满秋天的苦涩的甜蜜
让我们知道遥远的土地有一棵树
这是她的果实
饱含维生素、果糖和鞣酸
医生说如果吃多了
会在胃里形成结石
其实这样也好
作为一生中最痛苦的收获
也许能够烧出一颗舍利
这软弱的肉体
正需要一颗坚硬的石头
证明自己曾经存在过

断　章

要是每一株草都有自己的脚
她们是聚集在一起
还是四处奔走
要是每个人都有自己的根
是否就不会向往地平线的另一边
不会去流浪不会别离
要是每一粒灰尘都有自己的目的地
又是谁把她吹起
又是谁把她牵引
那些漂泊在土地上的人们
那些依附于土地的人们
那些沉睡在土地中的人们
能否告诉我
为什么我们和野草和尘埃一样
就这样各自散落在天际

秋天的树

树木生长停留
歇在路旁
用我们不太熟悉的面孔
站在那里
随着地球旋转
用陌生的衣衫褴褛的形象
诠释着命运的年轮

他们排着队
又一次走在逃荒的路上
我们看他们再一回
被季节打败
狼狈不堪的样子
说这很美
万物凋零
可总有枝丫嘶喊着
被风吹远的叶子的名字
用我们不太擅长的感情

油菜花

油菜花金黄的石头
从对岸游过河流
堆砌在一起
沙丁鱼一样的壁垒
围困住生命中的盐分
在拥挤的人世间艰难喘息
那些呼吸过的不再来
若是没有消失
她们又去了哪里
黄金般的岩浆肆意泛滥
灼痛痉挛的地平线
如果没有花的海洋
我们会原谅春天吗
去跪求土地的馈赠
宽恕果实上累累的伤痕
油菜花巨大的感叹号

被落日宣判了时间的罪行
昭示了大自然的刑期
只要是月光照耀到的地方
跟随着流放千里万里

陆海峰

笔名海风，广州番禺人，1996 年毕业于中南政法学院（今中南财经政法大学）经济法系。曾任网络诗歌平台编辑、主编，多篇作品发表在纸刊、网刊，现居广州。

木房子

一座木房子
有人进，有人出
蔓藤的植物花开在墙身和屋顶
河流的方向永远是远方

有人只是匆匆过客
有人稍作停留，仿佛驿站
有人住进去，不再离开

来到木房子
有人以为是幸福的归宿
其实是噩梦的开始
有人以为是地狱之门
其实是天堂的入口

一座木房子
有人进，有人出
蔓藤的植物花开花落
河流的方向永远是远方

浮　云

你在半空中飘荡、追寻
抬头可见的
是那湛蓝、深邃、广阔、遥不可及的天空

你却深深依恋

俯首望去
是有着潺潺溪流、苍翠林木、碧绿草原
百花齐放
既美丽却又没有高度的大地

你欣赏大地的美，却不甘于贴身地面
你渴望蔚蓝的天空，却无法达到他的高度

你在天地间悠悠飘荡
年年月月苦苦追寻那彩虹般的梦

今夜，这个寂静无人的秋夜
你终于放声大哭
化作一场酸雨
与落花倾诉人世的不幸

大　雪

北方的朋友在朋友圈
上传雪花纷飞的图片

我望望窗外：阳光，灿烂
羊城的冬天一贯如此

而北方的雪：
依旧是庄严、透彻

季节在不同的地方制造因果
有时让人无法听到自己的声音

在经过一段旅途后发现
阳光和雪花其实是一样的

就如我们无法预料的人生
在相同季节不同的地方

是阳光还是雪花
无需问为什么

只需在阳光下感受
冬日的温暖。或雪中寻梅

蚯　蚓

在土壤里自由穿梭
松土、分解有机物

这位生物界的义工
赢得良好的口碑

天生带有泥香味
能迷惑众多潜水的鱼类

一辈子都没有站起来过
却能屈能伸

套在鱼钩上作诱饵
能钓到深潜的大鱼

椅　子

一把椅子
坐在上面看风云
换把椅子
坐在上面看风雨
再换把椅子
坐在上面看风雪
……

蓦然回首
风霜染白两鬓
多少披星戴月的日子
在椅子上消失
风、云、雨依旧
风雪夜，无归人

老鹰的影子

一只巨大的老鹰在空中盘旋
它的身影落在大地上
仰慕老鹰的鸡群
总喜欢在老鹰的影子下活动
仿佛这样就可以自由地飞起来

甚至飞上蓝天
而老鹰在空中
正盘算着
谁将成为它免费的午餐

薰衣草

阳台的薰衣草开花了
我仔细观察一下
它和去年开的花
并没有什么不同

它去年开过了
今年依旧在阳光下盛开
明年呢，还会开

而我呢
只需要正常地浇水、施肥
就可以了

朱建业

诗人，兼写诗评，法律硕士，中南政法学院（今中南财经政法大学）法律系 92 级学生，现居深圳。九十年代初曾是武汉知名校园诗人，曾获武汉"樱花诗赛"一等奖、"12·9"诗赛二等奖以及 2017 年全球华语网络诗歌大赛第四期第一名、全国首届"大鹏文学奖"等，诗歌《你的长发为谁而留》曾被谱成校园民谣传唱。近年来在《诗潮》《诗选刊》《诗歌月报》《中国诗人》《特区文学》《流派》《创世纪诗刊》以及美国《洛城诗刊》等报纸刊物发表诗歌、散文、小小说、诗评，诗歌及诗评入选《中国百年新诗精选》《中国当代诗歌赏读》和《2018 年度中国诗歌排行榜》等几十个选本，著有诗集《月韵》《风灯》。

中山先生头上的小鸟

经过中山先生的雕像
一只小鸟突然出现在先生头上
乍一看，它像先生脑袋里蹦出来
的一个"问号"！这个"问号"
不停地啄着先生的头颅
我不由得暗暗惊呼！因为，
我担心，那颗伟大的头颅
会被啄破，啄出血！

是日已过

每个深夜都是一场告别
因为我把每天都活成一辈子：
晨起早读，仿佛上学的孩子
白天奔波，如同忙碌的中年
黑夜沉思，像老朽一样回忆往事
是日已过，命亦随减
此刻，我与即将逝去的这天
就此别过，此生永不复见

结束也是开始
生命，将在新的一天
重新轮回

重阳节在田头村

一切明亮都将坠入黑暗
幸亏有月亮会升起
它会照亮秋夜的田头村
小河边的牵牛花
会牵着整个季节
走入梦境
重阳重阳，我的灵魂
越来越重。重到需要一片绿色
把我埋葬。阳光一直在
它将成为黑暗的一部分。田头村的小溪
在我身旁流过。田头村的花朵、青草
还有蝴蝶，在我身上，在月色下
不断生长直至
长成故乡的样子

遇见一株木棉花

突然，抬头看见了你
对我的惊喜，你报以神秘的微笑
仿佛冬天的萧索有丝春意涌入
明亮的粉红色让我有些晕眩
有只鸟儿在你枝头飞来飞去
像一个音符在琴弦上跳动
冬天的歌是无声的
我唯有保持着沉默和矜持

任由一朵朵云掠过头顶
它们行色匆匆
它们载着落日将飘向何处？
不过，如果冬天还有惊喜
如果鸟儿还能继续飞翔
我完全可以断定
你就是最高处——
你就是飞翔，所能达到的极限

寒露引

寒意渐现，蝉噤荷残
树树皆秋色露凝成霜
再难有秋水汩汩流出双眼
映照月亮的苍老。命运的沉疴
令我深感生命之轻，如一滴秋露
洒在光阴染白的发梢。秋风如刀
把岁月刻在心里。
那静夜里的阑珊灯火
无法点燃双手紧握的名字
时代汹涌澎湃，众生裹挟其间
众生皆苦啊！平和的清晨
已是奢侈。也许，只有沉默
才能容得下恐惧！一滴寒露
能引来什么呢？注定是
漫长而又残酷的冬天

高铁上

有人在悄悄说话
有人在沉睡在梦中
有人在庆祝生日
祝福温暖而喜庆
我身边有一个三岁的小女孩
可爱极了，叽叽喳喳
她不时爬到我身上
陪我一起看窗外的田野
和一闪而过的小鸟
我甚至不知道她的名字
这份毫无芥蒂不设防的亲近
令我很感动。在她的纯净面前
成人的世界多么不堪一击
高铁突然进入隧道
孩子说：叔叔，天一下子黑了
我说：不是，天空如此高远
白云悠悠
这世界永远不会黑
说完这些，我用自己的左手
握住自己的右手
我似乎更加热爱
平淡而简单的生活

精装极小户

6 平方米 卖 88 万
听说很受欢迎
一上午便卖完

6 平方米和我老家农村
一只狗窝一样大
一群狗在里面生儿育女
每天幸福得汪汪直叫

冰箱里的动物

冰箱里堆满了动物
鸭子和鸡各两只
青蛙五只、鱼若干条……
冷飕飕的像个停尸房
这些尸体，经过高温火烤后
将不断进入我的身体——
如进入一个火葬场

一点骨灰都不会留下

在白云之上

雄鹰的翅膀划过落日的余晖
在白云上翱翔我悸动不已
这寂寞的高度里
我俯瞰到自己在人世的命运——
它如此的孤傲　像云一样洁白
却飞翔在不可预知的旅途上

九月帖

时维九月。白云杳杳。风暴若隐若现
人间草木战战兢兢，俯首帖耳
夕阳与秋风举杯对饮。斑斓的黄昏
吞吐着人世的变幻。白鹤排云而上
载着我飞向落日。我怀揣辽阔
接纳流逝的光阴染白青丝

中年的灵魂有如落叶，飘舞在风中
无枝可栖。这世界只有我，存在的一切
只是我经历的幻象。有什么可以惆怅的呢
我一生的荣辱映照着白露为霜

桂花的清香已近尾声。九月的清寂
在清寂中闪烁着光芒

多希望您也能如此苍老

七十多岁的大姨在老家摔倒住院
我和表妹视频，慰问病床上的大姨
大姨比我母亲小几岁她们曾经模样相似
母亲在我八岁时病逝
留在我脑海的永远是年轻的样子

此时的大姨却如此苍老白发如雪
脸上写着一生的忧患和疾苦
还有什么比青春掺进暮年的容颜
更令人心酸呢
真切的痛却涌在我的心头　母亲
如果您还在，您也该是如此苍老
您也该有我可以亲吻的白发——
像大姨躺在表妹的怀里一样

爱　情

从冰箱取出一排
粘在一起的水饺
放进热锅。煎熬中
它们一对对分开，形同陌路
只有一对，相拥而泣，死不分离
我夹起他们，吹口仙气
吞下这至死不渝的爱情

我相信：很快，两只美丽的蝴蝶
将从我的喉咙飞出……

春天不可阻挡

一段和煦的日子过后
气温报复性下降
乍暖还寒鸟啼沉默
腐朽的寒冬不愿退出历史舞台
还想用冰冷一统江湖一万年

寒意只能推迟春天的到来
美丽的花儿正从眸中长出
盈盈暗香灵动着舞榭歌台

终有一天
一根绿枝就能戳破这凛薄世界
缠绵的雨丝亦将丰盈而来
似温婉的清歌　润万物于无声

春天不可阻挡
姹紫嫣红会在梦中醒来
美好的事物必将漫天飞舞……

电影见面会

所有演员

并排站在镁光灯下
面带微笑亲密无间
似乎忘记在剧中
他们曾相爱相杀荡气回肠

我多么希望
当我的一生谢幕时
那些伤害过我和我伤害过的人
那些爱过我和我爱过的人
能和我微笑寒暄握手言欢

仿佛一切不曾发生
让爱恨情仇永远虚无

李开华

中南政法学院（今中南财经政法大学）经济法系 92 级学生，现定居广州，广东金桥百信律师事务所合伙人、房地产法律部副主任，金桥百信文学社社长，广州市房地产行业协会理事，广东省营养健康产业协会副理事长。

冬 至

没有雪花和火塘
冬至布施阳光

海藻是山的发浪
在水渠沿着一个方向冲凉
时光和水不知停歇
将水草变成越发纤柔的姑娘

两条鱼金灿忧伤
每天对着蓝天贴花黄
在清澈中流浪
白天呼吸能量
晚上用来抵御风霜

越往高处奔放
就能在神山里找到雪莲
而太阳往下
总能捞到几颗冰冷的挂牵

怒放的海棠
曾将所有火焰煮烫
而你躲在薄淡后面
看我的肺和喉咙灼伤

都说冬至大过年
而我们只在他乡感伤

丑苹果

我每天在月下客栈
吃丑丑的苹果

拦腰切片的苹果
奶奶说像家乡盛开的莲花
大姐说像儿时玩耍的万花筒
设计师说像闪闪的五角星
我说像丽江转动的大水车
像玉龙雪山袅袅飘舞的雪花
像环绕古镇潺潺的流水
像泸沽湖划动的小船

丑苹果的外表
是雨水洗刷山川的印记
是阳光亲吻大地的模样
是纳西姑娘黑黑的笑容
没有任何工业痕迹
摘下就直接来到客栈

师姐说丑丑的苹果
有世界上最美的内心
有世界上最甜的味道

最后的城中村

从高架桥望下去
最后的城中村
像一个佝偻的老人
周围的高楼大厦
每天都在居高临下
压抑和消耗他的生命
从前的村庄　田野树木
都已经背叛
他不想理睬
远处的山　近处的湖
以前是最好的朋友
现在也装扮一新
他还会每天在心里想象
连阳光都被高楼收买
不再光临巷陌
老人每天在阴凉里打盹
神情冷静
像个孤独的列兵
守卫着最后的城中村

我是一只迟来的海鸥

我是一只迟来的海鸥
不是来自西伯利亚
而是从南国而来

只为来喝一口泸沽湖的水

冬天泸沽湖的水是清冽甘甜的
与青山绿水的味道无异
与摩梭人爱情的味道无异
与走婚大家庭母爱的味道无异

芦苇是与泸沽湖名字相关的
水性杨花象征最真实的爱情
走过世界上最长的走婚桥
走进了抠手心的锅庄集会
神秘的爬楼生活就此开始

格姆女神山下的里格半岛
是宁静温暖的港湾
湖边的玛尼堆和野桑古树
守护着古老的里格村
黄色和蓝色的猪槽船
随时摇向湖面
在波涛翻滚之中
享受天空之镜的变幻
逐水而居的客栈
你就是自己的主人

冬天的泸沽湖
美丽勤劳的摩梭人
在杨二车娜姆的家乡
在东方女儿国
最爱这自然无争的生活

麦克风

麦克风的一边是我
另一边是另一个我
你看到的是一个我
你听到的是另一个我
你们可以凭兴趣
选择喜欢哪一个

麦克风和酒一样
将我们转换成另一个模样
而我自己
都对另一个自己感到好奇
甚至陌生

高原的雪是母亲的泪

要回去城市的时候
高原的雪一夜白了头
门口满地是她的泪花

雪是洁白清澈的
照出了蓝月谷的不同颜色

雪是坚硬冰冷的
削尖了一座座山的高高脊梁

雪是湿润温暖的
融化成一条条河流的营养乳汁

高原的雪是母亲的泪
她是我远行到城市最美的心脏

二月的最后一天

被隔离的二月很慢
春色从春天回家
也被田野隔离在田野深处
几朵野性调皮的野花
像我憋不住的孩子
可以在路边随便跟什么人玩耍

春天的尾巴越来越短
没有它的安慰我们如何进入夏天
英雄的笔和墨穿墙而来
教我蘸墨，在二月的纸上
写下黎明前的黑暗
和黑暗之后的黎明

三月来得很快
我用一支英雄的笔
写下对世界的祈愿

阿杰鲁

阿杰鲁
一遍又一遍
像鲜血汩汩而出
不知是什么雷在深夜嘶吼
像脾气极坏的母亲
在黑暗中大声呼唤失踪的孩子

阿杰鲁
对视才发现阳光在燃烧
脑袋已拍打成山川河流
眼泪每天在地上流淌
鲜花已被喝令回到地上
绿色在快速向天空靠拢

阿杰鲁
原来是春分前的春雷
将黑色狠狠抽干
世界于是光亮刺眼
我看到十八的脖颈在跳舞
与我的左右摇摆一样

阿杰鲁,阿杰鲁
我正在听一首要死就一定要死在你手里

瓷　婚

当婚姻遇到新冠
当高岭土遇到火焰
越来越坚硬的泥坯
散发斑斓柔暖的光芒

从时间里伸出的两双手
从烈焰里长成的两只杯
在昌江炉火里濯洗和淬炼
当青春洗去铅华
爱情被打磨成坚贞的亲情

今天
一个对杯对视另一个对杯
只轻轻地一碰
山谷便发出清脆的回响

瓷婚
二十年的成品
很坚硬，但易碎
往后余生
用它盛满芬芳的茶
慢慢啜饮

粘人麻

在邕江之畔
从暮春跳跃来的盛夏
重重跌落在老友粉里

城市被挖了个大坑
黄金正在跟青草比赛
从坑底吹上来的风
被车里漫出的梵音击碎

头已经跌到地平线下
在城市里坚守的粘人麻
伸出带刺的双手
紧紧拉住我的裤角

远方的粘人麻
无数次缠绕母亲的双腿
轻轻地刺痛她的皮肤
浓浓的甜蜜印在她心里

南宁桥已在身后
两边连绵十万大山
突然的雨水被擦来擦去
小二狗这个粘人麻
此刻已紧紧抱住了妈妈的腿

严利东

1972年生，湖南华容人，中南政法学院（今中南财经政法大学）经济法系96届本科毕业生。现就职于湖南警察学院法律系，副教授，兼职律师，长沙仲裁委员会仲裁员。主编公安部统编教材《合同法教程》，业余爱好诗歌创作。

冬 至

我在北回归线
望你
当你的背影
越来越长
我知道
你不可能回头

等待
不如忍受越来越长的黑夜
我相信
一切都有尽头
你也一样
南纬 23.26 度的私奔
冬至于我心
你可缓缓归矣

空秋千

那时我们还很小
我总是很认真地
吃力
摇荡
我总想把你的笑声送到天上
把快乐留在我身边
年少的梦其实很简单

秋千一样飘荡
有你
有我
有快乐
来来回回
那欢笑带来的风
那风裙洒落的花香
那俏皮背影留下的念想
曲曲折折
跌跌撞撞
在我厚重的行囊里
发酵
珍藏

当秋千
像书签一样把日子打开
空荡荡的岁月
找不到珍藏的花香
和裙舞飞扬
只剩下落寞的风
和一首残缺的诗
是谁在讲那故事
是谁在荡那秋千
我抖出所有的行囊
是为我年少时的梦想
当背影成为回忆时
我只有捡起飘零的花瓣
收拾残留的笑声
重新上路
抚慰我那
空荡荡的岁月
空荡荡的秋千

空荡荡的梦想

冰　河

飞雪伴着冷月
在我失眠的夜晚
占据整个河流
冷艳的雪
漆黑的夜
冰河无语
唯有寂寞流淌
一如失眠的我
静静等待
内心里那些温暖的问候
即使飘雪无数
投入怀中
且都融化

我没有挣扎
静静地看着我的河流
将飞雪慢慢融化

谢华扬

笔名"老榭画诗",中南政法学院(今中南财经政法大学)93级校友,大学时曾担任院报学生主编。现为中南财经政法大学硕士研究生合作导师和文学与法律研究所研究员、广东外语外贸大学特聘研究员、广东工业大学华立学院客座教授、中南大广州校友会"人文顾问"、广东金桥百信文学社荣誉社长、广东省营养健康产业协会副理事长、中国国际卫视中文台广东区首席编导。

老　酒

高粱喊出青葱的芬芳
月光抚摸的琼浆
在掌心里稠浓成一团火

花朵在蜜蜂的翅膀里
发酵成茧

神话与一声佛号回荡在山谷间
青灯敲碎了千年的木鱼
如瀑的江湖
典当几枚在冬天里晒干的雪花
在病疴横亘的日子
用作消杀的药引

北半球的春水
让消瘦的河流漫灌成潮
潮入深潭，久酿成酒

回到夏天的冬天

今天广州气温 27 度
这样冬天自然盼不雪

但有可能的雪
从童年的手中飘上了中年的双鬓

我当它是瑞雪
当老弱的枣红马是雏驹

那年在橙子树下
用冰条在雪地上写字的女孩
因为爱雪，去了北方
复制了一个童年的自己

而我的宣纸在不下雪的冬天里
被墨惹到哭泣

残酒与半卷诗

清早的鸟鸣
模仿着大雁的叫声
花香应和景致
在枝头和心坎来回穿梭
一杯年轮和宿命酿成的酒
连同唇间血色记忆
涂鸦在大自然半卷画轴间

橡木桶里的红酒
氤氲地占卜前生来世
那留在葡萄架的青涩
被一茬茬的秋色酡红了脸
一场宿醉
让青春再也喊不出疼

莲花山的钟声
如木鱼敲打在玻璃上
出海的船晃悠悠穿过虎门大桥
手机播放的抖音
把船长昨夜的酒气
散在古旧的甲板上

半卷诗书
在黎明时看到了海
而半盏残酒
依旧在微黄的古井里窥探

赤足走在青石板的年轮上
一斛波光半途癫狂
余年的路，宿醉残卷

左岸五四·右岸青春

以五四为山川
在左岸摆一把椅子
用一只青春的耳朵聆听
那从指缝里流失的四季
风在嘶吼
吹开一扇虚拟的门
光阴里
如瀑的长发在门缝里
慢慢消瘦

以青春为江河

在右岸放一杯红酒
用一双青春的眼睛凝望
一束月光倾洒
擦亮旧事的皱纹和叶脉
漫天星辰璀璨
在酒斛里泛起潋滟涟漪

风筝线和牵牛藤
带我走进牧笛盛开的风景里
看左岸花开
右岸落红

关于 "？" 的哥德巴赫猜想

你是我一生的对手
从懵懂少年到耄耋之年
我们都酣战于纸笔墨砚和屏幕之间

你是我一生的朋友
从睁眼看世界到闭眼梦西游
一撇一捺勾勒着爱与被爱的春秋

你是我一生的宿敌
从蓬勃黎明到灯枯夜深
以笔为剑金戈铁马相杀于江湖

你是我一生的情人
从情窦初开到执手黄昏

玫瑰、屠刀，天使、魔鬼
岁月、青春，爱、囧途
无论喧嚣、孤独，欢乐与痛苦
都斑斓

而今天，我只想把你留白
让她猜

一把海拔最高的钥匙

神谕之光
凿开了天空所有的蔚蓝
一如神山的雪亮眼睛
从深邃里看到了密码的光亮

圣湖变得如此高远和清冽
纳木错的咸，羊湖的淡
玛旁雍错的不温不火
都在时光的迁徙里
看到了爱和真实

雄鹰的翅膀
在雪域之巅盘旋了许多年
终于把停歇，留给光阴感叹

束一缕昏黄的视线
凝望不远的未来
阳光有限，森林却葱郁
那棵成长的树

向阳辽阔

人生如一场竞速
赛道像星河繁密拥挤
寻找一把海拔最高的钥匙
启航更高远之门

祈福希望
神谕里点亮梵文的灯火
在最高的宝塔里
传来经书朗朗

三闾大夫

从云端俯视汨罗江
天问回落到浪花里

悲壮而孤独的阅读
游荡在江河中

扪心的人包扎伤口
沉水的人潜泳

楚辞、离骚连同怀中旳风
都在培植一个五月的国度

半　夏

半枝莲蓬
缱绻于池塘
半盏清茶
冷寂于昏黄
窗台的两朵花
一朵刚开
一朵将谢

田野里
蛙声叫了一半
就打烊
城郊外
道路阔了一半
就芜荒

人到中年
如半夏

胡丹丹

中南政法学院（今中南财经政法大学）93 级经济法系财政金融法专业学生，曾任院报记者、编辑，早年有小说、散文类作品发表于《中国校园文学》《南方文学》等报刊，现任职于某互联网集团，从事营销咨询工作。

露　珠

已经很久没见过露珠
没见过清晨的百合花
露凝结在珠蕊的顶端
晨风一来
便散落了满瓣的脂粉

很久没见过一束晨光
照耀在低垂的树叶
这小小的一滴
悄然散发着
钻石的光芒

很久不见
露珠在莲藕的雨盖
恣意滚动
又安睡于荷伞之怀

很久不见
在阳光下在月光下
清清澈澈的露珠
那是简简单单的一滴水
是转瞬即逝的
美好

就像每一个消逝如露的日子
悄悄走过我
走过我的

喧喧嚷嚷

冬　至

沏一壶茶
倾倒金黄的汁液
顺着一缕阳光
从一种茶器滑入另一种茶器

阳光隔着玻璃递送温暖
兰叶碧绿如披散的发
三角梅吐红露紫
连窗台上的盆子和拖鞋
都显得从容优雅

想着太阳离我们越来越近
想着日子越来越长
想着冰河下涌动的水流
枯枝里萌生的绿意

即使九九八十一天的等待
也是如此美妙幸福的一天

冬至快乐

美西海岸

天空　云朵　山峰
道路和桥
鸥鸟
站立在海岸边缘

高尔夫和老别墅
硕大的屁股和文身
集市枪声　波澜不惊

这是太平洋的另一边
阳光温暖
果实清甜

生活的万花筒
社会的千层饼
熙来攘往　皆与你无缘

龙潭湖

突然想若干年以后
故去的我
可否在湖边

如今日
看着夕阳

在金色的水纹里沉落

二十年前
也曾这样

这湖边从未有停留的我
而龙潭湖
亦未有一刻为我停留

车过永定河

2001 年的绿皮火车
穿过层峦叠嶂的永定河峡谷
第一次观见了
乱石凌空的燕山
苍凉
映照在清澈的浅潭
瞬息而过的
珍珠湖

那是青春的第一次西行
我们去银川
去武威
走过了贺兰山
沉醉在嘉峪关美味的夜市里

那时我们年轻
来过的地方　看过的风景
都以为只是一次预演

又见绿皮火车
逆着风
逆着波浪
在夹岸的峰峦里
与永定河
狭路相逢

咔哒　咔哒
去往
另一个方向
我们只要跟随它
就可以再次到达
到嘉峪关　到敦煌　到达星星峡
和更远的远方……

而站在现实里的我们
终究只能数算着
假期的时日
数算着
我们还有多少时间
去继续曾经的梦

阳台上一只柠檬倾听着生活

阳台上
从冬到夏
柠檬树长出嫩叶
花开

花落
长出幼果
又渐次凋零

只剩下它
每天倾听
听人们谈论和争吵
听电视里不幸的新闻
听深夜
忧虑的人长长叹息

尘嚣滋养的柠檬
外面苦啊苦
心里酸啊酸

为夏天里悄然而逝的生命

像办公室的一株绿萝
某一天被不知道是谁的人搬走
他去了哪里？悄无声息
人们也都悄无声息
就像他从未来过这里

他曾像那一盆绿萝
用一个个微小像素
编写生命最蓬勃的颜色
好像从来不会枯萎凋零

他像书架上不曾翻阅的书

悄悄被取走
也不曾被谁想起
那合上的书页写满了精彩
很多人路过　很少人阅读

关于他的一切在夏天里停顿
悄无声息
似乎什么也没有发生……

然而　今夜
我还是想写一首诗，流一阵泪
为一盆无声消失的树
为一本悄然取走的书
为一个不太熟识的人

黄晓春

中南政法学院（今中南财经政法大学）法律系 93 级法学专业学生，曾任院报记者，人称"黄小侠"。现任深圳市东方彩虹文化传播有限公司总经理，天空快美梅林会所总经理，天空快美品牌合伙人。擅长活动策划，专注美丽定制、年轻化管理和健康管理。

云的前世今生

云的前世是雨
雨的今生是云
来世，云仍是要化作雨
在一场新雨后
缠绵在云雾缭绕的山谷

好想坐在云端上
静看自己的前世今生
然后，把今生今世
活成三生三世

山湖传记

山湖是什么
是你的诗和远方
是一杯海水酿的深蓝的酒
是你心中一片永远的山湖
倒影在酒杯里
品一杯风花雪月

诗歌，这杯深蓝的酒
一半用来品尝，一半用来收藏

在山湖的传说里
找一片山湖，寻一片海
安放自己的灵魂

张晴川

祖籍河北隆尧，1993 年考入中南政法学院（今中南财经政法大学）法律系，曾任院南湖草文学社社长并创刊《政院青年报》。毕业后就职于武汉市广播电视局五年，后再次进入母校攻读民诉法学研究生，毕业后到深圳工作至今。

雪

当雪飘临
我感到冬天是一首温暖的诗
生命的舞姿濡湿季节
临水而望
生动的美丽滞涩呼吸
请放下那把花伞
用童真迎接大雪的降临

久远的记忆多么孤单
我的心走向雪原
那个冬天一贫如洗
只有雪倾盆而落

我努力把自己放置在雪中
寒冷已不是选择的结果

青藏的背影

其实可以想象的凝望
山峦之巅的山峦
白雪之上的白雪
还有流淌了千年的经幡
停下或者行走
都是一样的遥远

鸟鸣风语总有云朵陪伴
孤寂之后的孤寂
就在天边转身的瞬间
就是轮转的千年

拯救灵魂的岂止是佛祖
站在隘口的风雪里
今生来世都已走远

就让这无法自拔的一幕一幕
陪伴不期而遇的天空和草原
从寺院飘来的哈达声
收割完最后一茬河水
怀抱雪山
安然入眠

今　夜

今夜我一无是处
今夜我一无所有
今夜我一无所知
今夜就躲在今夜的背后
偷窥星光

今夜女儿给她的小企鹅看病
需要创可贴和温度计
还需要救护车
她的需要都在今夜
我只好把自己分割成

创可贴温度计和
救护车

今夜的星光很少
只有一颗

今夜离开的人已经离开
今夜留下的人只能留下

各奔东西

今夜俗世的一切更加世俗
今夜卑鄙的一切更加卑鄙
今夜还有谁
无话可说
眼含热泪

陈　璇

中南政法学院（今中南财经政法大学）法学院 94 级学生。高中时开始发表诗歌、散文、杂文、小说等作品。黄冈市作家协会会员、赤壁诗词协会会员。

夜

夜，撕得老长
像枯枝掰折的脆响
情绪淡青的折痕星芒隐约
期然若水

薄帏清夜
光影相叠
徒然忧思几叹
落一笔风流云散
模糊了时光荏苒

浓稠的孤寂
汹涌的卑微

徐阳光

中南政法学院（今中南财经政法大学）公安与行政法系95级行政法专业学生，曾任《中南政法学院报》学生副主编，现供职湖北省某机关。中学时代开始写作，在《人民日报》《检察日报》《湖北日报》《诗神》《飞天》《萌芽》《中华诗人》《文学月刊》《中华散文》《辽宁青年》等报刊发表作品，著有诗集《阳光灿烂》，作品入选《中国朦胧诗》《中国乡村诗选》《中国校园诗选》《湖北诗歌现场》《名家笔下的散文》《最适合口学生阅读随笔》等选本。

恐　惧

追着屁股啄食饭粒的鸡
狂叫着扑上来的恶犬
嗡哄哄飞舞着的马蜂

从肉紧到腿麻到头疼
如影相随的害怕
是童年里最深刻的记忆

比害怕更让人慌乱的
是突然燃起的荧荧磷火
是乱坟岗上无风自动的松影

童年的恐惧骤然苏醒
不可捉摸却又无处不在
虚无飘渺却又触手可及

多么悲伤多么荒谬
四十年筑就的光阴城堡
在这年春天的奇袭下土崩瓦解

院子里的玉兰花开了

在这个院子待了十五年
直到 2020 年 2 月 20 日
我从来没有发现那片树丛里有一株玉兰

阳光暖暖地照着
远远望去
开花的玉兰像极一群娴静的白鸽

热烈是显而易见的
花朵蓬勃香气浓烈
仿佛隐忍一季的暗流在一瞬间引爆

整个院子空空落落
一个刚刚穿着美丽新衣的孩子
被遗弃在喧闹的尘世里孤芳自赏

培土的人呢拈花的人呢
还能不能遇到
这花开得多么忧伤啊

三月的珞珈樱

三月
珞珈山上的樱花如期盛开
这是时间的承诺
这是不变的约定

挤挤挨挨的花
如云似霞
若有若无的香气
温润这方独有的山水

该来的蜂蝶已在花丛中了
相思了一年的赏花者呢

如同你我在这年的春天
突如其来的隔绝
让三月的珞珈樱花
开得那么的手足无措
让人的心松一阵紧一阵地疼

倒影是如此辽阔

把两岸的青山拥抱入怀
这水就更加澄澈透亮
清得悠远绵长
绿出更加细腻的层次

将十月的红叶拾掇在额头
这河就更加丰饶动人
一波一浪之中
竟有了情不自禁的喜悦

因为倒影的缘故
水草绿树白云间
有了鱼儿的灵动白帆的飘逸
有了岩石的沉稳檐角的飞扬

这是多么妙不可言的经历
每一个事物都长出另一个自我
高度相似却又区别明显

面目清晰却又界限模糊

从存在延展到虚无
从现实深入到内心
倒影是如此辽阔
仿佛一束光洞见的人生

露水的慈悲

经过一夜的积淀
无数的水分子聚集
宛如一颗颗游走在夏日的星辰

芦苇的叶子肥厚青碧
泛着淡淡的玉质的光芒
像极了那抹隐退到天边的月影

夜蛾子尽数涤净身上灰蒙蒙的浮尘
模样丑陋却一脸庄严
仿佛一尊打坐于莲花之上的佛陀

露水不紧不慢
一路把自己打赏给清风和阳光
最多的自我不断地以加速度沉降

三分之一坠入大地
三分之一融进河流
剩下的是一颗露水菩萨的慈悲

夜 捕

无边的黑是这暗夜的帮凶
把一切光亮掩埋
让世界混沌如昨

一切停滞都是固态的静止
万物仿佛退回最初的起点
针鱼悬浮在看不见的虚空
如数亿年前的琥珀
自己就是光明的原点

习惯了无边的黑暗
可能连自己都无法明白
到底是抗拒着野火的燃烧
还是期盼着黎明的到来

一束强光亮起
针鱼依然静止在虚空里
一动不动的剪影
让整个夜晚有了刹那的斑斓

是对黑暗的告别
还是对光亮的献祭
只有针鱼知道
或许连针鱼都不知道

磷　火

没有人没有温度
一堆绿荧荧的火
燃烧在孤独的旷野

柔软的肉身消亡
只余坚硬的钙骨
燃烧的是不甘逝去的灵魂
还是前世刻骨铭心的记忆

让散失的磷聚集
让虚无的命燃烧
冷火不能取暖
却烛照出人间的凉热

倒　影

把棉花糖罐紧抱在怀里
河水舍不得放下
也不舍得下口

风馋了
悄悄溜过来
轻轻舔一下
棉花糖就缺了一小块

翠鸟看不下去了
嗖地飞过来
驱赶着微风
不小心贴着河水的脸

河水瞬间心动了一下
棉花糖就散了乱了
这有什么关系呢
河水的内心有了更多的棉花糖

野树莓一粒一粒挂在树上

总有一些事物
譬如野树莓
愿意用自己的美好
让这个世界更加美好

野树莓长在后山的低岗上
开着白的或者淡粉色的花
结着黄的、红的、紫色的浆果
浆果鲜嫩饱满多汁
一粒一粒挂在带刺的枝杈间
暖风里留下些微的香甜气息
自然中带着隐隐的诱惑

不知名的小虫子吸食了几颗
路过的鸟儿啄掉了几粒
剩下的大多数都留在枝头
等待熟透后落到地上

滋润那些跑遍了整条山梁的蚂蚁们

偶尔有一个浆果跳入口中
她的甜美让我惊讶地发现
有一棵挂满浆果的野榛莓
突然出现在这片山林中
是一件多么重要且美好的事情

山林多么寂静

山林多么寂静啊
为了更远的春天
鸣虫、秋蝉、野麂子……
一切响器都在秋天开始蛰伏
消失在各种不知名的幽暗角落

不再像少年那般呼啦啦了
步入中年的秋天更加轻缓温婉
把一枚枚落叶调教成一只只枯蝶
无声无息地装点着辽阔的秋水长天

不弄出些声响
似乎无法平复收获的激动
橡子尝试炸裂
这是隐入山林才能感受的自然的呼吸
松果开始坠地
这是紧贴大地才能听到的秋天的心跳

一只野鸭划过水面

九月。天高云淡。
无风。河面如镜。
几只野鸭散如碎星。
波光更加闪耀。

芦苇转枯。脸色阴暗。
轻絮细白若云。
寒露欲坠未坠。

一只翠鸟明艳如宝石
为初秋清晨的平淡加冕
一叶轻舟被贴到迎着朝阳的角落
渔歌在优雅中静默

一只野鸭扑棱扑棱划过水面
波纹柔和把九月拉伸
让远方比远方更远

陈波来

中南政法学院（今中南财经政法大学）法学专业96级专升本成教生，1985年起在省级文学刊物上发表组诗，1987年底从贵州某中学调入海南省新华书店，后从事旅游业，现为执业律师。2014年后重习写诗，诗作散见《诗刊》等近百种境内外公开发行报刊，入选多种年选、专集并译成英、日、韩等文字。已出版诗集《碎：1985–1995》《不得碎》《陈波来短诗选》（汉英对照）及散文诗集《山海间》。先后获选为第十六届全国散文诗笔会代表、第二届中国网络诗人高研班和鲁迅文学院新时代诗歌高研班学员，获第三届海南省南海文艺奖、第39届世界诗人大会（印度）汉语诗歌三等奖、《现代青年》2017年度十佳诗人等。系中国作协会员、海南省文学院首批签约诗人。

流水上的剪影

流水上，一些事物的剪影
认出了我，比如各种步态的人的，惊飞的鸽群的
方正的海关大楼的，远远投来的入海口大桥的……
它们认出我，我肯定是它们眼中
一个没赶上流水的剪影
它们在流水上，一下就慢了脚步，像亲人
一样不舍，看了我最后几眼
我顿生悲凉，有再次被遗弃于人世的感觉

落　叶

像山中的落叶
飘得不远，安静
落地的过程一座庙宇
脱尘出俗，新漆的红色檐尖
抵近白云

这时城里的落叶
被集中焚烧，堆成山
吐出蓝色烟子
显然，压抑着火焰和叫喊

这时如果有钟声
响起，一个人缓缓下山

他身上又有了
灰烬的味道

入海口箴言

要克制。诗
听从了经营

短，不放任
情绪的恣意流淌

且一开始，就
确知河道尽头

致父亲

那是你看得见的明月
一直在升起，高过尘世的
楼顶、树梢、那片山影和一声叹息

一直在升起，高过尘世的
一声叹息、山影、树梢和那片楼顶
那是你看得见的明月

这是你的烛火冰凉
这是我的泪水灼烫

海 上

静极。鱼群游进夜空
山峦沉入潮声。起伏的边脊线闪亮

静极。大海有着亘古不息的扰动
直到一头鲸鱼，一时带来浊重的呼吸

茶 叶

如何留下一片青葱的叶芽
春风浩荡过了，枝头
是成年的危崖先一步领受果实和秋霜

从万物燃烧中拈取的秘密。借助火
与灼热的锅镬，杀青，捻揉
像一个上路的人匆匆被拿走青春

一片叶芽到茶叶，俨然残酷
如果不成灰烬，暗绿的条索
就留得住整座青山的雨滴和鸟鸣

比如现在，因火炙抱紧的
再因火炙打开，茶叶在沸水中舒展
那回家的人，看见当初出门时的青葱身影

荷

出于污泥。腐烂的过往和来路
它一生都在奔逃，大路朝天，不回头

甚至取悦，当它逃无可逃，行迹枯萎
它拧成莲实，像最后的仓廪不分贫富

但它奔逃的心有多大，被污泥攥住的把柄
就有多大。何以只是污泥不染的赞颂呢

看吧：为了掩旧，它长出最宽绰的荷叶
为了遮丑，它盛开一朵庙宇般静美的莲花

感　时

还有好多人没有见
水龙头一拧开，日常就浸泡上爱
白菜认了豆腐里的高山流水

还有好多书没有读
好多河流与芦花
没有去到一个人的拜占庭

一个人的秋天，铺出莎草纸
以及天真的楔形符号
还有好多词语没有用上

还有一个可恨的人没有恨过

诗歌交流会

不要走得太远。你只在经验的沼泽
来去，在抒情的缓坡地伸展隐喻的脊骨

关键词，个性粲然的密码，是与似
石与土各自相安，时间是最后的魔术师

他有过一千个情人，如今他须发皆白
我们在涡状的豪华会场，回声一般

围聚，发散，并且充满仪式感
正好模拟诗歌现场，追问谵妄与真实

分辨一首诗带来的脚印与喘息，在奔涌
而来的海水中，找到那发声近似的海螺

注："他有过一千个情人"为日本诗人高桥睦郎所言。

心　事

许多年了，守在入海口
寻旧的潮汐会一遍遍来，上次带的
一群圆鲹鱼，再上一次

是一帮年轻的海鲈
下次谁也说不准
寻仇的闪电也找到门径
从海里驱赶鲸鱼和台风上岸

许多年了，守在入海口
该来的都来了，包括渗水的
船，盐渍和皱纹，以及要命的疾病

豹子或鲨鱼

有关那只豹子
这些年话题很多，不少人
赶来，从黑暗中抓取
一闪而过的豹斑，麇集的意念
像深色纽扣，扣紧想象的外套
一般来说，豹子习惯性
被人豢养在体内（如其所言）
又在养豹人的叙述里
充满隐喻和低沉的鼻息
随时，巨大的斑斓的身形
从面色灰暗的养豹人
跳脱而出，幻化为空中
要命的一跃，或伤心的诗句

我不需要这只豹子，在入海口
我正用身体一点点喂养
一只银色的虎头鲨

2020 年 2 月 29 日

网上他们传着
四年后才有今天
晒几个好菜的，晒水天
一色，或紫色苜蓿中一只
嗡嗡悬摆的蜜蜂的，都在标明
这比平常只有 28 号的二月
多出的一天，好像
新闻里什么人扔下就跑的
捐赠，也好像胆大的人
从悭吝的时间那里，偷来的快乐
上次在越南也是，手表上
北京时间早晨 8 点的清新感
会在一小时后的河内
8 点再来一次。多好啊
时间的这点小把戏，给人重生的
意外之喜，让人提前四年
看到没有疫情阴霾的
另一个今天

惊　蛰

这一日有太多暗中的动静和重生
万物与百虫，因袭古老的勾连而挣扎、苏醒

这一日我心存忧惧，一年中肉身与土地
最为贴近一天，不知我的哪一部分
睡着的会醒来，死去的会活转

廖松涛

笔名木行之，2002 年毕业于中南财经政法大学，现在北京工作。作品散见《绿风》《诗选刊》《中国诗人》等刊物。于 2011 年初创办民刊《北京诗人》至今。著有诗集《漂泊的石头》《美若初见》两部。

菊花茶

几朵菊花。存储了一壶光阴
菊香，值得用一生品尝

不用说，舌尖碰到的那一朵
蝴蝶替我吻过

不信你看，张开的花瓣
多像它的唇语

芦　花

风轻轻吹起芦花的长发
真美

一湾浅浅的秋水，足以
洗去经年的风尘

几只白鹤混进芦丛
也想成为丛中的一枝

斋　饭

每天诵经打坐。超度
被我吃掉的草木

草木在我体内复活
长成了身体的一部分

这一世，你我有缘。来世
我为草木。还君一顿斋饭

时光慢

乡村很小，小得地图上没有坐标
没有邮差，婚丧嫁娶，口口相传

庄稼和牲畜，慢慢长着. 各得天命
风雨不急，慢慢赶路，一下两三个月

日子过得很慢，一生忽然变得很长
时光怎么花也花不完

一天太长，男耕女织，品茶喝酒
剩下的，还足够看一次艺开花落

有时候

有时候，大自然会露出笑容
成全等它的人

有时候，流浪者去了远方
突然怀念出发的地方

有时候，一想起那个名字
花朵便悄然开放

养蜂人

养蜂人困于深山。蜜蜂替他
品尝了花花世界

花中有毒的部分，蜜蜂纳入刺针
养蜂人挨了几针，还上欠它们的

自然的馈赠，这些甜蜜的部分
分给人间

回家的路

希望回家的路，再长一些

此生便可苍老在回家的路上

庭前手植的桃树和水竹
早已住满鸟鸣

游子从远方带回一身雪花
像回不去的时光，化在路上

岁　尽

迎春花不谙世事
系条金腰带，风中招展

人间太多冰雪。这群小妖精
开出一片阳光来

这还不够。在枝头疯疯闹闹
一朵压着一朵，叠罗汉

坟

太像一只用旧的口罩
将棺材罩得严严实实

尽管死人已无法开口
以防万一，也得戴上

千万别把人间的罪恶
说给阎王听

千仞瀑布切开了山

江河，只是时光的剃刀
剃掉草木，像潦草的胡子

千仞瀑布切开了山
切出了天地的截面

从云端坠落，足以让瀑布
加速起飞

庙

晨光将庙宇从黑夜中
剥了出来

溪水患有洁癖。整日
清洗山林的根部

慈悲为怀。每敲一下木鱼
就替人间疼得喊一声

水镜先生

水镜先生，不知姓甚名谁
住在三国的源头

他不吐口。卧龙、凤雏不出
老老实实作汉朝的耕夫

他相过徐庶的面相。料定不久
曹营将多一名一言不发的谋士

夜雨忽来，檀溪水涨。天下危矣
先生摇摇羽扇，说不急不急

那日，书童开门。正是先生说的
牵着的卢的刘公子

苍天之下，必有尺规

大地之上，乡亲们绷直了线
插秧。秧苗规规矩矩分行

躬耕田野，用手掌和脚步丈量
苗与苗的间距

必须含痛除掉多余的。不是苗的错
为此庄稼人常常自责

我曾目睹已经收割的稻子
有的不能归仓，成为人类的粮食

有的像瘪谷一样被吹出去
为此我把鼓风机，一拍再拍

谷　雨

天若有情，就让
每一滴雨水都入土为安

布谷鸟守在村口，叫喊
切莫断了人间烟火气

让怀孕的花朵顺产。每一粒果实
都足斤足月

兵马俑

在时光面前，任何帝国
不堪一击

苍天有眼。兵马俑
放下了武器

秦人重见天日。而帝王
尸骨无存

林绍徐

海南琼海人。2002 年毕业于中南财经政法大学，获管理学士学位。毕业后服役于武警海南总队第二支队（儋州支队），曾到武警太原指挥学校、武警上海政治学院、武警指挥学院、国防科技大学培训、读研。2018 年 4 月自主择业到海南富力地产。书法、散文、诗歌作品曾发表于《今日海南》《司务长》《海南日报》《基层整治工作研究》《理论探讨》等报刊。

致加德树

加德树
默默无闻
加德头因树而得名
家乡的河因它而更有韵味
家乡的加德树
小小的叶子撑起一个家
粗粗的根系孕育五家姓
叫我怎能忘怀

加德树
家乡的守护神
战火来了
它春风吹又生
台风来了
它岿然不动
洪浪蹂躏它
它抓着故土
涵养着村庄
南洋有它的子孙
琼崖纵队有它抗争的故事

加德树
加德头
加德头人
生生不息
走到哪都忘不了根

冰 客

中国作家协会会员，十堰市作家协会副主席。入选首届湖北文学人才。2004 年 6 月毕业于中司财经政法大学会计学专科，2016 年 6 月毕业于华中科技大学新闻学本科。湖北省作家协会第三届长篇小说重点项目签约扶持作家。作品散见于《十月》《诗刊》《人民日报》《长江文艺》《诗选刊》《星星》《芳草》等百余种报刊。曾获第七届湖北文学奖优秀文学编辑奖、第六届湖北文学奖提名奖、首届《长江丛刊》年度文学奖诗歌奖等。著有诗集《汀西村》《乌鸦》《总有一条路通向故乡》，文艺评论集《文学场景与艺术表达》，报告文学集《真实的人生》《执着是首歌》等多部。从事新闻工作 20 余年，现供职于十堰日报社。

香樟树之春

日日穿过这座城市的街道
去开始一天新的工作和生活
街道两旁的行道树
如同两排卫士
护送着我

这是这座城市的市树
多年来
这两排行道树
同我与这座城市一起成长

所有的树木都在秋天落叶
只有这些香樟树
总是在春天褪尽一冬的叶子
以落叶的形式
报告春天的到来
带给我每一天春天般的心情

夜宿南湖

夜宿南湖
一望无际的黑伸向远方
远处的路灯若隐若现在夜色中
江面无限辽阔
在船上休憩的我

被偶尔的一两声风浪
拍醒
然后是更多的平静
此时
我的孤独找到了寂静的猎手

连枷的弹唱

夏收时节
连枷在乡村广阔的稻场

连枷的弹唱
就是一场乡村丰收的歌谣
饱满的连枷声
呈现一番丰收的场景
谁握住了连枷
谁就握住了这一年丰收的喜悦与荣光

连枷，拍打出一年的收获
它砸出的每一粒粮食
都要归仓——
粮仓已满
乡亲们幸福的日子
如同粮食一样朴素饱满

连枷啊，你这有力的手掌
正将大地的胸部
当成一面圆满的鼓——
大地的胸腔升起阵阵感恩的回响

如今连枷声远去
喜乐的日子远去
就如乡村逝去的民谣
只是在我童年的记忆里歌唱

杨 波

1982年5月生于湖北监利,2004年毕业于中南财经政法大学新闻系,现居西藏拉萨。2002年开始发表作品,在《芳草》《青年文学家》《芒种》《绿风》《扬子江诗刊》《飞天》《北方作家》《长江日报》《新疆日报》《工人日报》等报刊发表诗歌、散文300多篇(首),2013年在长江文艺出版社出版诗集《梦想开始的地方》。

西　藏

这是一片神奇的土地
藏红花装扮了她的容颜，那么娇艳
连绵的雪山，像她的心灵一样纯洁

那高耸的山脉，还有珠穆朗玛峰
站在世界之巅，是谁放下了心中的执念
俯瞰悲悯的人间

她是那么高大，雄鹰无法企及的高度
包含了所有人的梦想，如果征服与欲望有关
皑皑的白雪化了，又被覆盖

这里离天近，如果闭上眼睛
在苍茫的宇宙，所有的高峰犹如一粒
尘埃，停驻菩萨的指尖

静静的花朵

花开的声音
谁能听见，它孤独的内心
只有风的手指，触摸过它
的虚幻与沉浮

那个打马而过的人
沉默的荒原

承接着他的泪水
和反省

从春天开始，遥远的天边
只有一片广袤的草原
花朵的愿望，仿佛从天被人记起
却也从未被忘记

我的手指

我的手指，是我身体上
最突出的一部分
多年来，我没法形容它们

我最亲密的兄弟
相依相偎，始终不渝

针扎、火烤，甚至油炸
它们都不会感到疼痛

有时，我感觉它们
已经悄悄离开，浪迹天涯

只有在梦境里，我有时与它们
相会，有时又冲它们发脾气

那个午夜，我只把它们放在
胸口捂了捂，十指连心
疼得我泪水涟涟

大　概

盖子的污垢清理干净
露出瓷器的光泽
和气色，这样的美
这样的容器，大概
内部的暗处也有不为人知
的底色，或者难言之隐

像那些圆形的、方形的
或者人形的兽形的容器
硕大无比，光彩夺目
如果把青灰色的瓶身
比喻为一种持续的美

大概深处的忧郁、徘徊
空空如也的往昔
以及无法说出的叹息
都会沉郁下去，直到
幽暗的底部

有时候，容器的旋转
翻滚，大幅度的上下起伏
或者身不由己
或者言不由衷地说出放弃
大概没有想象中有那么多
的爱或者恨

荒　原

譬如石头和沙砾
这些露出原貌的事物，在荒原
矗立了多少年

岁月的风沙从未离开
在它们的身旁
也许还依偎着千万年的梦想和爱

退向更宽阔的地方
之前忍疼容纳的树木，或者其他事物
只是风雨中的一种幻想
以及回忆

从天边吹来的雄鹰、柳絮
飘荡的足迹，也许曾经停留
也许只在梦中一闪
就消失在了远方

荒原的内心是宁静的
就像我始终只是坐在河边
听记忆深处的忧伤，静静走远

如果心怀忧伤，就向北走

如果心怀忧伤，就向北走

没有目的地的方向
整个过程，与断桥、丛林
以及过往相关

也许可以捡起石头、远山
一枚枫叶的纹路，对应清晰的手掌
愉快的时光，就在近处的岸上

可以时快时慢，也可以停下来
只是心里的忧伤
像一阵迷蒙的清雾笼罩在北方

走过的路径，高低起伏
也像我们往日的心境
在最美好的年华，放下了
那个可能的方向

最爱的是深秋的傍晚
岁月的深处，我看到你
重新出现，在不可预知的旅途
那还是一如既往眺望的方向

庄公子

原名江黎，中南财经政法大学新闻学院 2004 级学生。

一只燕子飞过我的奶奶

一只燕子飞过我的奶奶
误以为她是一口干涸的深井
她刚从冬天里挣扎出来
来不及抖落袖口的寒冰

她预言自己将死在床上
吃饭，睡觉，生病，死亡都在一处完成
试探，让她站了起来
一只燕子飞过我的奶奶
将她的预言不小心剪碎

她哭这场疫情影响了她的死期
她发着九十多岁的狠，一定要等疫情过了再死
她坐在被截断的路口
发现自己并不是多余
她理应得到有亲人在场的葬礼

一只燕子飞过我的奶奶
好像要击穿天空最坚硬的部分
消除最厉害的一抹冬意

奶奶把自己暴露在初生的春天里
忖度着这是否是她为之难过的最后一只燕子

散步学派

早上不宜散步，不能抢先走了光的路
中午不宜散步，总麻烦别人为我让路
晚上不宜散步，我走月亮也走，互为可耻的偷窥者

雨夜适宜散步，警惕的和厌恶的均被黑幕打包带走
但不能去湖边，鱼虾丧尽，钓翁在哭
山水画会缺失有名的一角
不能去花园，斑斓正释放色彩
欲以纯白迎接即将到来的纯白
不能去桥上，索道在怀疑自己的钢铁之躯
过于冰冷，浪漫会离去
不能去街道，大道朝天，迷路了就丢了天的脸

关于散步的美学，在黑暗里接受变革
不能以腿散步，直立让人羞耻
最好弓着腰，趴下去
拥有四蹄
看起来像兽，表里如一
选择圈养还是流浪，都说得过去

油菜花癫

村子里的"油菜花癫"投湖自尽
人心惶惶，怕他是污染源
污了水又染了即将到来的春天

听说春天花会疯
花的子民也无一幸免
几个人抬着他绕村一周
最后的尊严并不像冷却的尸体般坚硬
碎了，一棺风雪有没有感染，都陪了葬

世界如此空旷和冗长
那是因为希望开始让出空间和时间
它们退居到了哪里？
视线沿着河流寻找
我们的大河既善于滋养，又善于裹挟
更善于沉没

长江今年及格了吗？
黄河有没有获得高分？
我记得上次，屈原投进汨罗江
将自己化身为保质期为五千年的消毒剂
只是没想到，他被半路劫持，流到了天河
并没途经人间

宅

很多人在家颠沛
少数人携着财富流离
只是颠沛的行迹被房屋掩盖，财富的高贵因流离遭到蔑视
集体服毒之后，才偷窥到内与外的相同本贡

我们闭着嘴巴，将看到的假象尽可能在胃里消化

之后，揣着微喘，以高价等候一场白色的雪花
此刻，蔬菜躺在田里，田躺在城外，绿得有点假
一个三维的城市安静成二维
它在平面上，抽掉了所有立体的骨头，才斜视到上与下的不同本质
我们举起双手，将听到的真相尽可能推上前沿
可是没有高度的世界，一览无余都是障碍

我们从窗前和阳台回来，趴在地图上，屏着呼吸
仰头，向天缓缓地叹出一口气
唯恐呼吸造成一场风暴，让纸上的土地也不得安息

客　房

如今背叛了自己的姓名，眉目变得模糊
不再做横向的吞吐动作
却习惯性地不停收敛于黑暗中，然后放大于白昼
这种360度的微小试探，仿佛它是一间屋子的肺

主人们没有察觉，他们谨防着自身与他人的咳嗽和零落
这种恐惧让他们处于动与静的两端
彼此远离，又想办法靠近
这样频繁地来与去，收缩与扩张
仿佛他们是这人间不可或缺的肺

二十个平方，阳光会进来迅疾地扫射
击中地板再击中墙壁，逼着他们露出人形
做主人做久了，方才领悟到异乡为异客是最好的滋味
阳光已经让半个地图亮起来
他们围在地图前指点当前和远方，却不小心揭开了江山的疾病

卧　室

从什么时候开始，梦走进了独立的空间
四周围起铜墙铁壁
在每个晚上甚至白天以刚克柔

当梦只在局域里飞，变得浓稠而粗大
它便与墙壁越来越相似，最后成为墙壁的一部分
坚硬的突起。卧室是满的与尖的，会刺疼窗外的路人

窗户并不是善良的例外，它们与门一样，重点在于合而不是开
梦所寄身的载体正自由摊开在床上，露出巨大的优点
从外部传来的哨声满意地收工，留下连绵不绝的休止符
只有星光在着急地闪烁，挥动着一千年前就伸出来的一群帮手

星空很久以前就失去了梦这个盟友
那些缺点与疑点，需要在零下一千零一度中软化
它们隐藏在十万米高空，相互使着冷冷的眼色
仿佛预备着一次纪元般的劫囚

厨　房

要掂量一间厨房的负重
瓦砾之上都是饿鬼
锅与盘外都是嘴
筷子是通往目的地的双车道
我把它们铺开，四通八达，可以夹住月亮

亦可以搅拌大海

我必须以最轻最白的我，飞着进来
不能加重它的喘息，不能碰着它的肩
不能玷污它的视线
我要面向青瓷与铁，分配动物与植物
我要面向火焰与水，取十分生，换七分熟
我要面向烟云与时钟，定型本色，解放香味

我必须以最天真最简单的我，沉默着进来
不能讲话，火焰山上的密语是滚烫的蜜语
它们人神共知，它们不需要注释
不能唱歌，实在的坚硬上与空心的器皿里自带音乐
它们悄悄地唱，无以为和
不需要获得高尚的意义

我必须以最复杂最严重的我，从厨房的上面进来
在月光下抱着饥饿的新年
我们必须和现实谈判，不能被神话套牢
把火与水旋成双眼，把铁与瓷铸成双翅

我要让厨房变得通透，没有围墙，没有重量
不小心掉进锅里的爱，蒸发成云普照人间
有意冲进下水道的欢喜，顺流而下疏通黑暗
让一只勺在左右翻来覆去，调匀山与水的脚步
让五谷坐在碗的中心，让农业与工业互相保护
让烟囱通向星途
让一双筷子化为手杖，分开红海现出大陆

我们笑着退后或者向前
醉了半年的时间，悄悄地重启了帷幕
来自食物的温暖和启示录

打通了所有的国度

阳 台

如果时间线上的凸起或凹陷成了"节日"
空间上的全开放和全封闭是否也可称为"节维"
它们都值得被庆祝和默哀

作为唯一的递出去的公开卷轴
停留在某段特殊的时间与空间中
阳台，像自荐书，希望被外面的风云选取
亦像自杀的预言，等待着被土地落实
上还是下，都通往一个更加神秘的世界

如若我们只是站在其中
它便像现代语言几经辗转写成的钢铁桃花源记
悬挂在一堆堆说明书的外围，或者点缀在城市的额头上
向过去献礼，同时要未来铭记

鱼刺卡喉

写进骨子里的只能是尖锐的情绪与力量
它释放出来了
在一个狭小的关口巍然耸立
那里纵贯而过的是鱼的美味
它站在自己的氛围里，做着死后的自卫

我意识到，这是一条鱼最后的反击
这种神秘的智慧只被少数人拥有
无所谓再失去，每一步都是胜利
我的吞咽与醋变成它的鼓动与酒
一滴血探路而出，开在纸上的旗帜
并没有摇曳，却动摇了我的根基

食欲、语言与耐性都被它劫持
脚步、辩解与祈求又被医院回避
那些急诊室的光也像鱼刺，卡在了城市的喉咙里
让医院与病人失去关系
病人与药失去关系
药与健康失去关系
……
万物都在脱落
下坠，下坠，越来越快，越来越窄
突然箭一样，卡住了时间的咽喉

歧　途

阳光遍地逃窜
要逃到哪里去呢？
每一家都拒绝收容

越过乌云与冰霜
自由之路空空荡荡
所有的方向，都是歧途
一个声音一种路障

唯一正确的终点，十字架封锁了入口
里面有人在唱歌
很高的哭泣，打响了云层
很低的理想，打湿了土地

路　口

三辆卡车依旧横亘在路口，第 37 天
不知道他们的司机主人是否想念他们？
有没有忘记奔驰的本能？
有没有适应当关的宿命？

那是一个宽阔的路口
连接城市与农村的关节
城市太重时，农村也会颠簸
如今并没看见伤口，它却被固定
也许，心伤更需要打个石膏，不如打在眼上

那里曾是打谷场
从泥水里出来的稻谷接受水泥的磨炼
农村的湿润与城市的干燥体验完了
才能炼成美味
这种美味，变得无力且稀缺
城市立不起来，农村也破天荒地守着土地饥饿

李 凯

1989 年出生，湖北荆门人，高中开始写诗，2011 年毕业于中
南财经政法大学法学院，2015 年开始在省市刊物上发表作品。

情　诗

大风起时，我的怀里空无一物
你转身去看花海里蜂箱的排列
这些神秘的岛屿，试图吸引你
一群工蜂正倾尽所有，为蜂后
酿造香甜的油菜花蜜。乡间公路
延伸，直到我遗忘了你的存在
因为我只爱文字的排列
我爱水滴石穿胜过爱百花齐放
寂静与喧嚣的永恒对抗

所谓梯子

一场春雨要连下三天
被雨淋湿的梯子
要在冷风中再站一夜

被你用旧的梯子
它连着我的旧梦
通向空中悬挂的花园

沿着梯子往上爬
一定会碰到摘星的人
让雪落在梯子上
让不可能的变成可能

漳河水库钓鱼遇雨

水蛇最先感知到天气无常
它的头上落满被风吹散的花粉
一种残酷又轻浮的美
它分开的小波浪
和大风掀起的波澜
不一样，但它如同一根引信
点燃了天上数万吨的黑云
在蛙鸣和群鸟的尖叫声中
一艘铁船向我迎面撞来
击碎了我胸中的块垒
彼岸，大雨瓢泼而下
一切如梦幻泡影

向东桥头

梧桐树下，流水湍急
路上的行人都不干净
雨云如漏斗吸住荆门的天空
楼盘似植被覆盖裸露的大地
这一座被暴雨埋葬的城
到处都是充满欲望的人
他们头上开着奇异的花朵
那些色彩斑斓的花朵
像是在深海底部游动的鱼
他们有名字但不会被铭记

他们也有感情但不会被珍惜
他们就这样一直游来游去
只有这场无微不至的雨
和这棵静立雨中的梧桐
仿佛五十年前就已经注定
触电的人从此失去了消息

山 顶

这是我所能抵达的高度了
没有看到意料之外的风景
当夜幕降临，手机关机
我就像一只搬运口粮的甲虫
在夜色的掩映之下缓缓蠕动
只有默不作声的影子
紧跟着我的脚步
只有不断变形的脸谱
多么熟悉，从我身边
微微荡漾的水池里溢出
只有那些微不足道的欲望
深深被刺激的感官
山下的灯红酒绿和
广场上的歌舞升平
和模糊的夜空
和迟迟不肯升起的日出
让人难以忘记
这就是我所能抵达的高度了
山顶并没有吸引我的事物
我不想在那里一个人跳舞

我只想找到下山的路

冰蝴蝶

大雪下了一夜，黑山变成了雪山
雪山上面除了雪还能有什么
还有漫山遍野的冰蝴蝶
她们在风雪和低温的作用下形成
就挂在灌木丛中，美丽而易碎
仿佛是要证明在石头和草木之外
除了黑与白，还存在另一种可能
但我对你的爱该如何证明
作为一个登过雪山的人
我的梦里一直有蝴蝶在飞

竹皮河

顺着竹皮河云寻竹林
结果一无所得，只见
芦苇搁浅，水草招摇
河快断流了，这条河
并不是曾经的竹皮河
这座城也不是过去的
荆门城，古河道究竟
流向了哪里已无从考证
反正诗中写的竹林啊
金虾啊，都名不副实

河也会老去，只有流水
才是历史真正的主人

无所谓的云

快看，雨云爬上了山顶
它长途跋涉，远道而来
白蒙蒙的一片，与青山
你中有我，我中有你
像是紧密相连的一部分
但云是云，山是山
没有谁依靠谁的关系
如果可能的话，我想
到那朵云上躺一会儿
因为我是我，云是云
因为云很软很干净

魏清风

　　1989 年 4 月出生，湖北随州人，2008 年考入中南财经政法大学经济学院经济学专业，2012 年大学毕业，2012 年 7 月入职中国农业银行珠海分行，现就职于兴业银行横琴分行。高中及大学时爱写近体诗，工作以来写古体诗较多，爱好传统文化和中国古典文学。

一个人，和不远不近的你

一个人骑车的旅行不需要万水千山
后座上的天空依旧湛蓝

一个人去看电影也可以买两张票
我习惯坐在右边把左边留着

一个人打电话不用拨通任何号码
独自对着电话想象那边的欢声笑语

一个人唱歌常常会是《好久不见》
总是想去看看街角的咖啡店

一个人吃橙子也会剥得很认真
我吃掉一半把另一半放在身边

一个人打球没有一群人的激情
场边的呐喊给过我无形的力量

一个人喝酒不能喝得太多
吐真言的男儿哭吧不是罪

一个人想一个人太久就会很孤单
漫漫人生长路由谁来陪伴

剑　钧

原名李建军，山西晋城人，系中南财经政法大学刑事司法学院侦查学 2009 级硕士研究生。2012 年 7 月任教于铁道警察学院。

脸　谱

几笔绚丽的色彩
勾出人物的灵魂和性格
舞台上的光彩
面对着一片海洋般的辽阔
眼前
满目的蔚蓝
耳畔
听见了海鸥歌唱
西楚霸王
黑与白的完美搭配
盖过了涂脂抹粉的小生
揽虞姬入怀
心忧天下的性情
视江山非江山
是海晏河清
是天下太平
情到深处
响彻天地如狮吼
溪水潺潺似鸟鸣

面　具

可掬的笑容掩不住羸窝的僵硬
透彻的亮丽遮不住肤色的苍白
再丑的鬼脸

只不过是一只纸老虎
昼日里的奉承是假
夜幕回归时的轻松才是真
如果觉得步伐沉重
那么脸上面具的重量就占几分
请摘掉面具
让呼吸更畅通一些
撇开所有的虚幻
活出一个看得见摸得着的自我

画　皮

纤细的腰肢
是攀爬在山涧里的枯藤
滑嫩的肌肤
是猛禽恶兽的纤毛
迷惑的声音
是虏获人心的一剂麻醉
怎奈跳动的心房透着兽的凶残
利齿獠牙在即将开启的双颚中蠢蠢欲动
多一分坚守
少一丝贪欲
永沐阳光
你的心会温暖健康

偏爱脸谱
不戴面具
抵制画皮

毛细血管

我是密密的毛细血管
化作长长的手臂
缠绕你的背肩
你是否感到
紧紧的温暖

我是细细的毛细血管
携载痛彻的苦楚
穿绕你的肌骨
你是否感到
强烈的追恋

细密的毛细血管
对寒风是如此敏感
细密的毛细血管
对针刺是如此坦然

我需要氧气的供养
我需要阳光的关切
不要问我能活多久
那是一个秘密
因为那是爱的长度

雾带雨

坚硬的外衣
总是包裹着一片柔软

拨开层层云雾
我看到了满天星辰点点

透过薄薄晨雾
我发现叶尖缀着的露珠剔透晶莹

吹散阵阵迷雾
我尽览复杂玄机疑团顺叙故事般瞬间乍现

是谁戳动了云的泪腺
滴滴穿串成雨
雨线成针
有着穿石水滴的坚毅
洒落我的心田
却也似最深处的柔软

节　日

一年是一道长长的街
一日就是街上一格一格的铺面
叫做节日的门面旁边
树立着高杆

在高杆上
是迎风招展的幡

在节日的铺面里
摆满了鲜花
装满了礼物
路过的人驻足
向里看
墙面上尽是满满的祝福

满满的祝福
铺满了前行的路
好像有一种声音在呼喊
越来越近
抬望眼
下一个节日的旗幡迎风招展

汪少乾

中南财经政法大学新闻与文化传播学院中文系 2013 级毕业生，汉语言文学专业，文学学士。

爱的赞美诗

缪斯女神拨动阿波罗的七弦琴
苏里南响起了欢乐的雅典娜颂歌

帕尔瓦蒂女神就要降临在雪山之上
和风把塞壬的歌声流传到大海远方

高加索山困不住你体内的热血
卡特里娜也带不走你的执念

纳什库的葡萄流出了醉人的酒
爱琴海托举起新生的维纳斯

一个故事开始
生命因你有了幸福的光

一个故事结束
世上留下你的一丝余温

遇见你
耗尽了我所有的幸运

梦　醒

晨起的阳光穿透了六点钟
洗漱，出门

工作日拥挤着上班族们
忙忙碌碌又是一天

忘掉昨日最后的背影
冰冷，失落
现实打破了最后的枷锁
头脑回到了原点

醒来，醒来
你不该有此梦
她并不在你的身边
平行线从来不可能有交集

一个人的自述

时间像流水那样逝去
渐渐地，忘记了很多事
岁月就像做了一场梦
渐渐地醒来
渐渐地忘却

我害怕时间太长
记不起有关你的一切
直到某一天
我真的什么也想不起来了
心里茫然若失

恍然间
想起了某个模糊的名字

却不记得所有
那一刻忽然
止不住地泪流满面

名　字

世上再没有一个人为我哭泣
雅歌，雅歌
你已被人们遗忘
无情地丢进历史泥坑
掩埋进岁月黄沙里

几百年后过去的一天
有个孩子捡到了名字的一角
这是谁？谁的名字
父亲赶紧打掉了孩子的手
说了句谁知道呢
也许是某个以前的人

被扔在原野的名字
风吹散到茫茫草野上
天未亮的时候
到处都是闪亮的星
一颗、两颗
很亮
指向着不知名的远方

仙女湖

这一刻在你身边停留
下一秒逃遁远去

我从来不属于任何人
你也不属于我

带走一丝眷恋
藏进柔软的心底

那里有我们最初的相遇
以及破碎的结局

睡美人

沉睡了一个世纪
醒来时发现物是人非
玫瑰花的荆棘长满了高墙
一切生灵失去了活力
死一般的寂静
走不出这禁锢的王宫
那就再次沉睡吧
睡吧，睡吧，睡吧
睡到世界的末日也不要醒来

疯女人

把我的心做成一本书
每一页都写满对你的思念

此刻的你
或许已然入睡
梦里都是什么光景

此时的我
想着远方的你
惆怅溢出了欲穿的眼眶

成人礼开始了
我在诅咒你

忏悔者的自白

一个温柔的女人，
打碎了我的白瓷杯
一个可爱的小孩，
划破了我的黑衣服
一个和善的老人，
狠狠扇了我两耳光
还有一个男人，
直接倒在了我面前

打碎杯子的女人，
我用结婚证困住了她一辈子
划破衣服的孩子，
我拿皮鞭狠狠抽了一顿
扇我耳光的老人，
我用棺材送了他最后一程
至于那个男人，
我连一个施舍的眼神都没给

你看我过得多么悲惨
我把身体，卖给船上的掮客
我把自由，卖给卫城的雅典
我把名誉，卖给街头的乞儿
我把懦弱的灵魂，直接卖给白冷撒旦
我把我所有的一切都出卖了
一手捏着贿赂的银钱袋子
一手抓住半颗破碎的心

最后的最后，
我已经变得麻木了，
我看见神父大人在床边默念
我看见所有人都在哭泣
转过头，
我正在忏悔

在黑暗中行走

这一刻
我不知道自己在干什么

麻木而机械地往前走
眼如死灰般
黑暗吞噬了所有
包括我的身体

没有一丝光亮
周围安静得可怕
迷惘像条蛇一样紧紧缠住我
恐惧填满了我的内心
如果这是惩罚
坠入深渊也不过如此

走了很久很久
行尸走肉也只剩叹息
摸不到任何留恋
时间在这里无效
这是怎样的对白和失落
黑了一片白色的天

我厌倦了
就让我沉沉睡去
或者让我安静死去
如同路边的野花一样
在风中散落
凋零
悄无声息地死去

杨姜维

笔名杨家酱，1990 年 10 月出生，湖北荆州人，本科毕业于湖北师范大学统计学专业，研究生毕业于中南财经政法大学 2014 级经济统计学专业，现从事高校教育工作。

夏天的颜色

风吹落了你的消息
鱼把秘密藏进水里

照片印在白墙上
笑容凹凸
大雨袭击了城市
热带树叶摇晃
雨滴亲吻玻璃窗

出门带把伞
人们凝望着天空
彩虹一点点变淡
小女孩悄悄跑过来
告诉我
夏天的颜色

影　子

你把时光嫁接在墙缝里
只等蜜蜂来发觉
在遍地开花的南国
春天似乎并未远去
雨水若要强行沾染
你的衣角
只怕你也无处躲避

就让那太阳，那巨大的能量
发挥无尽的力气
终于，影子牵扯着你的身体
在有光的地方，摇晃
摇晃人间

找一条回家的路

屋顶的麻雀
叽叽喳喳一整天
歌声隐没，人群散去

夜把所有温柔都赋予晚风
叶子吹落，野草青青
荷塘里面住了一个月亮
月亮里面住了一个我

找一条回家的路
风渐渐，心晃晃
车灯闪，蛙声鸣
爱你的人在天涯

渴　望

万家灯火，点点星光
用过晚饭的妇人
给迟迟未归的人留了门

寒气在车厢蔓延
远方是湖水和山峦
是小孩的笑脸
是三根电线

好冷的人间
给我一个拥抱吧
摇晃的水杯和脚丫
霓虹一闪而过
有人靠聊天打发时间
我看见玻璃上的白色被子
白色塑料袋

疲惫的人们渐渐睡着
渴望一盏明灯
为我亮起

贩　卖

我把风吃进嘴里
接连打了几个哈欠
一双拖鞋撑起一个夏天
雨滴摔落
大地哭花了脸

深夜的音乐电台
在贩卖寂寞
起风的时候

你会想起我吗?

纯白的裙子，飘啊飘啊
无知的小孩，转呀转呀
我要的快乐很简单

待落日烧红了天边
顺便将悲伤遗落
在麦田

先生，你好

你做的饭菜还冒着热气，我品尝着每一个细节
倘若夜晚比我先到，一定记得为我亮一盏灯
把月色装进口袋，牵手，散步，回家

起风的时候，请帮我抚顺凌乱的发丝
烈日横行，也请让我躲在你身后
奶茶的苦与甜，是我和你共同尝过的夏天

能否让我一个脚印重复着走完狭窄的路面
有你牵着我的手，让我感觉很安全
火车把岁月带走，留下两条平行线
我把你留下，你也不想逃离我身边

烧菜，洗碗，赏花，望月，日子重复一遍又一遍
想和先生说笑，从昨天说到今天
再从今天说到明天

我在遇见你的路上
你也一定要赶来
下个路口见，请你睁大了眼睛把我
认出
别忘了和我说一声
姑娘，你好
我会回赠你一句
先生，你好

清　早

清早
我打了一篮子风
挂在高高的屋檐

看家的老人依旧坐在仓库门口
一动不动，直到死去
讨一碗水喝，父亲舀了一瓢

麻雀在屋顶安家
在三楼随地大小便
真想把它们全部赶走！
斑鸠热情地叫喊
青蛙也会在深夜求偶

动物们的爱情
安排得明明白白
而我却丢失了我的情郎

王定勇

中南财经政法大学汉语言文学专业学生。2015 年开始新诗创作，至今已创作 200 多首诗歌。2016 年开始小说创作，小说《山外书》被评为校级优秀毕业论文。短篇小说《野柚子与小屋》刊载于《十月少年文学》（曹文轩主编）。

回　信

当小船摇曳过来你的信
暮色就尽了
我搁浅在水中
惊喜地打开了一季蝉鸣
船沿在肩上
思索着回复的词语
一刻，一更，一整夜
正要落笔时
我竟忽然凛如霜花
凋落阳光里

山　中

午后
拾一捧烟雨
看山间的行迹轮回
斗笠、蓑衣
光影的嫌隙
樵人以笑骂来归
火
如烟的春色
我的风铃传来回响
人
在山中
老屋与石磨都已锈迹斑斑

门环
不扣
祖母的春晴
被白色马驹拦在山外
新郎已死
列车、魂灵、梦
我在山中

山　影

我是忘却了
久远的风景，迟暮，睡莲
我是忘却了
那一晚心中的篝火
流波里的春天

我只记得一面画
墨已成铅
音容渐远
一把裸漆锁锈紧了门环

我只记得那个早已暂停的人间

你偏又掀一帘山影
勒一笔婵娟
叫画外人总是失眠
叫失眠搭在岁月的肩

过南湖

看着野景沉入浑水，
是哪一线柳眉沾染了它前半生的故事？
云空高悬的流苏又垂挂，
忽开一朵食人花。

远山是庙　此地是海，
路旁是树　水面是锣。

你如长年不灭的渔火，
失意于一阵欲碎的波。

刘兰珍

籍贯湖北蕲春，六十年代生人，毕业于武汉大学新闻与传播学院，中南财经政法大学新闻与文化传播学院教师。

下广州，向暖的时候总觉得人生更美好

一直往南
天空明亮
山水葱茏
火车把那些憔悴的
田野留在了身后边
扑面而来的阳光
容易让人相信
向温暖的方向而行
前路
充满美好

给华夫饼加点黑巧克力

喜欢布鲁塞尔
不是因为无拘无束撒着尿的小于连
被雨果赞美过的大广场
或诞生了《共产党宣言》的天鹅咖啡屋
也不是
高大上的欧盟总部
抑或凯旋门大皇宫
我喜欢的是闻着老街上飘着
烤华夫饼
香甜四溢的味道闲逛
喜欢看各色被华夫饼愉悦的
游人的脸

我喜欢加黑巧克力的
华夫饼
如理想中的生活
甜，却不腻
苦，也不涩
纯粹且充满回味

惠灵顿百年故事展

一百年
一百个故事
风云际会
风流云散
而浏览
只用了一刻钟
回首
都是别人的
百年之身
于是午夜
醒来时分
我原谅了
自己的
一无所有

彩虹之下

跟随季节

跨越一万公里
来到离彩虹
最近的地方
听说塘鹅
也刚刚飞过塔斯曼海峡
回归旧巢
同一片蓝天之下
彩虹时隐时现
依然是遥不可及的
虚幻
这世间
并没有什么
真的可以
填平
山和海
纵使有精卫的
勇敢

惠灵顿的雨

冬季到惠灵顿
时常遇雨
没有旧故事
抑或新梦
被装进行囊

这雨
并不激越
或缠绵

而海湾风来
犀利夹带些许
旧时的
恍惚　俄顷
阳光重现
彩虹挂在海湾
仿佛上天
不忘为世人
随机展示
一分仁慈
与
温暖

布鲁日的雨

打开客舍旧窗
看突如其来的冷雨
滴落在运河
老石桥以及
小巷深处
河水幽深
小石桥朴素如初

想撑一柄油纸伞
在初秋细密的雨里
沿千年石板路
飘然而过
只是旧时光已如此遥远
贝尔福钟楼雄浑钟声

敲打出的思绪
岂是江南丝雨里
丁香一样的轻愁
可比

夏 雨

　　湖北天门人，1966 年 7 月来到此世，现隐居潜山。二十世纪八十年代开始诗歌撰写，先后在七所大学学习、工作，东南大学经济学学士，武汉大学法学博士，中南财经政法大学法律与文学研究所所长，出版专著多部。

潜　山

一想到潜山替我安睡
我就忍不住笑出声来
潜山被人安排了名字
像我那时喂养的小狗
我叫它威尼斯
我多么希望潜山没有名字
尽可能克制我文明的冲动
但命名是一种可以原谅的罪过
我们一起无声无息
我们一起相敬如宾
潜山
我用它的眼光看我
就这样与它合而为一

在咸宁读天空

一个被抛入咸宁的人
在咸宁读天空
鸟声与蛙鸣
一起读天空

淦河的阅读表情与众不同
蜻蜓与清澈
还有一条河的摄像

蒙上双眼
像个舞者
假装活着
调侃死亡

我遇到一位阅读天空的人
他说这是一部天书

天　雕

被这样的作品征服
爱美者为美而美
把老天认作艺术家的人
自己就是艺术家

一件天雕
没有作者
被感动者的自我感动
像赎罪者的忏悔

一棵臭椿树

这个姿势异常惨烈
让我想起那架三叉戟飞机
枝丫遍地
呈粉碎性骨折
树干轻吻大地

也有点像狗啃泥
它的皮肤是灰黑色的
树心则为红色
在一棵臭椿树被锯断之前
我用绳子牵引着它的方向
它不能捣毁房屋
它被人牵着鼻子走
也不尽然
它有它的生长个性
但它很快就要被卖掉了
一个农民用它换一点小钱

冬天，这片树叶落下

谁的手一松
让这片树叶悄悄落下
大地的迎接
也是无声
我不敢说这片树叶奔赴大地
也无法区分那些还在树上唱歌的叶子
与地下的叶子有何区分
落叶匍匐于大地
像花朵盛开在我心中

正在进行

我怎么知道我正在经历这一切

替谁经历
雨落下来
我对它的感动证明
它是我的安排
所有的感动都与我合一
横亘宇宙
我的表情严肃
那些替我体验的我的体验
那些我种植的时间的花朵
幸福在幸福之内
亮光不知道自己叫亮光
一呼一吸
世界正在进行时

根茎的皮肤

它也是有花的
茎梗的光滑的皮肤
成为我的一部分
感动自己
有很多途径
大自然的巧夺天工
颠覆人类生育神话
所有让我感动的
都是我的圣母
洗脑之后的部分除外
比如万岁
就是一种惨败
真正的归宿

是回到所有中
你的成功秘诀
是将所有收回

走街串巷

宁愿相信这个习惯是文明的传承
街道像大树的某个枝丫
月亮湾滨河西路
左弯右拐都是街道
进入一个城市最好的方式是走街串巷
美食和习俗
故事与繁荣
都可以在不经意间如愿以偿
在一条条街道上走着
很可能有人无意识地看我一眼
我是个旁观者
谁安排的这个角色
我会不会演砸
进入生活
随时可以进入
不需要别人安排
街道看完了
一个城市的平庸抵挡不了它是很多人的故乡
我把自己流放在这里
任时间的酒将自己灌醉

奴隶社会的美好生活

这回忆属于奴隶主
还有奴隶对阳光的赞叹
日子可以晾晒
一生值得一过
花朵照样耀眼

奴隶社会是可耻的
这说法奴隶主不同意
回忆奴隶社会的美好
很多奴隶参与其中

过日子是一回事
写书是另外一回事
回忆从书本中逃离
一起重温过去的美好时光
那时候雾霾是死的
现在活得正好

樱　花

后来开的那朵花
不是我这一朵
你总喜欢混为一谈
用抽象的樱花毁灭我
我早就离开这个世界

因为爱
每年回来看你一次
我随时可以活得炯炯有神
正好反衬你的失魂落魄
那些爱我的拍照者
忘了自己的神圣镜头
樱花的眼泪
只为天地哭

人群涌动

只要有借口
就会有人群倾巢而出
像潮水荡涤下的石头
生硬
黑压压一大片
也像缺氧的鱼
拼命上蹿
空气里有鱼腥味
手机咔嚓
平庸的景色被看
人群涌动
是观念在作祟

土　豆

与一枚土豆对峙

盯得它长出嫩芽
在它和我之间有了毒性的距离
将它埋进小区的绿化地
看它能不能结出果实
半个月后被小区环卫工清理
绿叶撒落一地
现在谈另外一枚土豆
富硒
充满土地气息
产自恩施
用清水清洗
放入锅中煮开
熟了
它成了我的俘获品
它没有说不愿意
香气扑鼻
它进入我的体内
滋养陪伴
贡献美的眼神
今天想起天物
亏欠它们多少感恩

终点的起点

就在这里
表达轮回之爱
合同的履行地
在花丛中
在你的注目中

不知道回归
这一切的前面
是爱恨情仇
是所有的辉煌与忧伤
语言非常谦虚
诗歌为你聆听
这就是一切
一切正在解释一切
我正在做什么
这一问让我恍然大悟
我说亲爱的
这绝对的你
让我熠熠生辉

仙鹤湖

在仙鹤湖
我用仙鹤迎接你
你过来
可以看到我最后的骨粉
物质的东西交给物质
依然有爱
有纸钱的无限热情
在精神的烛照之下
有一双眼睛在每一秒中穿行
时间也想看这最后一眼
可惜 没有最后
一切都是永恒
永恒的过去

永恒的现在
永恒的将来
我是想邀请你来旅行
欣赏没有终结的一切
仙鹤湖
用灵魂的眼
和你共度爱的时光

和世界共进早餐

贸易战的概念开始普及
让我想起一些词的生造
观念主宰世界
进入了生活的更多细节
我逐渐学会了放弃
放弃这最高的善
成了我的日常生活

今晨和阳光一道醒来
鸟声的问候永不抄袭
呼吸
再呼吸
和世界共进早餐
与生活握手言和

盛　艳

诗学学者，诗人，译者，英语语言文学副教授。2004年毕业于中山大学外国语学院，获硕士学位。曾执教于三峡大学、华中科技大学文华学院，现任教于中南财经政法大学外国语学院，主要研究方向为英语现当代诗歌、汉语当代诗歌。

夏天打枇杷

初夏，樟树深蓝的果实
滴答滴答，落在
雨后泛青的石板路
厌倦了啄食的鸟儿们
在细碎的穹隆里放声
向天空提出关于风、雨、云
潮汐和收成的问题
一个顽固的老头
坚称喷泉池附近的枇杷树
是不能打的
他拿着长竹篙
站在隔壁单元的二楼阳台
轻巧地打落那些个
熟透的枇杷
我认识它左边的黄蜡梅
右边的广玉兰
这摇曳一树的金黄
端立在中间
比喷泉池边的更高大
更隐秘，像年纪大的人的内心
他们永远知道什么可以
什么不行

圆　木

一堆圆木摞在香樟下
途中特意看了一眼
坡下的铁门敞开着，翻斗车
支棱着生锈的牙齿，斗里的黄泥
是昨日食物的残渣

对，昨天，似乎在傍晚
你用滚烫的手握紧我
"树被锯了，你看！"那时温度
远远高于海拔，"哪儿？"
"那儿，灌木丛中。"

树木睁开苍白的一只眼
望进
欲雪的天

我们顺着平缓的灰坡经过
小五的家，他家有没有亮灯
并看不清。在坡道的拐弯处
路灯亮了

光下是一树金黄色的枫香
高大、蓬勃、静止

黄昏已过，十米开外
是喻家山的缓坡，环绕着
常绿植物。叶下珠，头花蓼也有的。

我捏着你的手
在这树金黄之下，
静静地站了一会儿，你说
"我们去看麻雀。"

这样的一天就结束
像一根圆木，它被砍下
摞好在黄昏的灌木丛

抽象并非不能拿起

孩子的故事讲完了
燕子呢喃入睡，这春日的
下午四点。想回家
看河堤，看豌豆苗爬藤
看荷花盛开的湖
这不是花开的季节。
抽象并非不能拿起。譬如"柔软"，
有时它是把电锯，锯掉
沙树膨大的枝条，留下笔直的，
指向蓝天，像箴言
像一切可以埋在地里的东西
它会发芽吗？
我们原本就是为了错路而生
走错的每一个岔道口，
是不是都有在巷口
为你扛起箱子的人？
是不是要一直忙着修剪枝条，

整理田地，按照自己的方式打理
花园？某个瞬间，我们被小说附身
一帧蒙太奇就从孩子变成大人
那高大的男人，如今已白发苍苍
你一眼就看到生命的底色
在书里浏览着彼此的一生。

美术课

词语挣脱历史的蛛丝
凫水于未曾标记的河渚
"崭新"早已丢失了本义
新事物不过是这季的 T 恤
比上一季短了五厘米
鞋带被丝巾取代，除了
粉橘系妆容
让黑的更黑，白的雪白
稍微有点靠近本质的边缘
看不见光源，无法确认
影子的个数。美术课上
一个画家无聊地展平
纸巾的一层，对折
力求对称。然后揉搓，
展平。她不知道
波普艺术。她是在打磨
一种崭新，就好像风
第一次吹绿田野，
人们第一次
注意到头顶的星辰。

山　丘

我穿过东湖的时候
你在窗台，和一只蜘蛛讨论
阳光透过车窗，有点刺眼

如果翻过对面山丘
就看到，车流
在湖边行驶，水面平静
有阳光微动

你试着构想又宁可沉默，
就坐在凳子上看着窗边
那棵我经过的树

一些遥远而模糊的想法
是瞬间远去的翅膀，摇动了
隐约的秋光

天空一无所知
在蔚蓝中游弋的云朵
刹那间变得稀薄

好似那天雨后
骑车经过桂花香

木　匠

叮叮当当。
春天的时候你将成为一个木匠。
每个人都需要根拐杖，蹩脚地走进酒吧。
你还好吧，镜子里外的人相互问好。
你拿起斧头，锯断旧榫头，成为一个木匠。
在马槽里捡到孩子，在田野里盖房子。
只要在意识里画一匹马，你就跃上马背。
岩谷里的阳光呵，那是泉水。
漫步在流水中，我们一无所缺。
这些是你不知道的。
在春天，新的榫头也被折断。
田野里长满树林，你成为一个木匠。
白天工作，晚上露宿。
你还好吧，地上和天上的人相互问好。

明康街

天亮时他们推着车
卖煎饼果子。在南方的潮湿里
添加面粉的味道，一些抽象的词语
又一次经历消化系统的旅行。
药铺 9 点开门，蹲在广告牌里的男人
在 2006 年的春天抱怨失眠的苦恼
到了夏天一些写着感冒药的蓝色贴纸
占据了他的位置。

明康街 13 号到 36 号
瓶子装满香油，香蕉皮裹着甜蜜的果肉
冰激凌在盖着棉被的冷柜里
推着芒果车的女人拥挤了狭窄的巷道
晚上要是晴朗，刮一点小风
我们也会漫步，饥肠辘辘地走过这条街
途经一个按摩中心。女郎穿着透明的薄纱
把夜幕染成腼腆的粉红。一个正在装修的
家具中心。几家外贸服饰店。如果转弯
会看到鹭江。虽然没有鹭鸶，也没有流水。
你仍然继续上一次空泛的猜测。

最后一次到明康街，是在一间学校的
后门，我奇异地记住了它的名字
我们的日子泛着铜锈，他们说，
出了康乐园，就是明康街。

汤玉婷

1995 年生，湖北省孝感人，中南财经政法大学汉语言文学专业 2017 届学生，目前在孝感工作、生活。

今晚的月光

在日光下晒一晒
棉被就蘸满了太阳的体香与温暖
于是今晚
我把我的心捧出来
拿到月光底下晒一晒
想染一点月亮的通透与洁白
回来的路上风声呼啦
盖不住脚步声的轻快
我发现，蚂蚁们在身后排成长队
假装欢送我
原来是我不小心
沿路让月光洒落
我不禁加快步伐
想要快点把心交给你
因为
今晚的月光是甜的
我的心也是甜的

影　子

小时候
夜里没有什么灯光
人们的影子很深，很重
与大地紧紧相拥
谁也不愿拖着笨重的影子行走

都早早地归家，掩门
与爱人吵闹，亲吻，话桑麻
而现在
黑夜比白日更亮
斑斓的霓虹映得影子
很淡，很轻
有时一阵风起
影子就攀着腿向上飘
把人裹得面目不清
在灯光熄灭又亮起的一瞬间
我偶尔会看见
走路的是影子，落地的是人

无须幸福

我知道我有很多缺点
我知道我可能不会幸福
但我还是会按时三餐
会每天手洗衣物
会关注天气带带伞
会散步时带上猫粮
会对他人的好意认真道谢
会哭过后继续乐观
我知道这条路我将独自走完
有同伴很好
没有也无妨
尽头有光更好
没有也无妨
我想

每个人都是一座孤岛
你可以期待一条小船驶来
也可以独享满天云彩

一只塑料袋

一只塑料袋
被风吹起
飞过歪斜的招牌上荡着的蛛网
飞过发廊漏出的暧昧红光
飞过挂着松垮的内裤的松垮的晾衣绳
飞过她结块的廉价睫毛膏和低低哭声
飞过乞丐腰上鼓囊囊的包和碗里汗津津的钱
飞过凌晨饿死的狗和旁边傍晚扔掉的整根肠
飞过公厕大开的窗和窗边稀碎的半只蟑螂
风这么吹啊吹
它就这么飞啊飞
好像能到任何地方
又好像哪儿也去不了

等　待

在公交站台
一辆又一辆公交或的士停下又走开
我始终没有抬头
在最后一阵晚风里
用力踩碎了地上陪我一下午的半块饼干

万花筒

一条溺死的鱼
用八个小时沉入海底
一只蚂蚁
举起过喜马拉雅山
一棵海草
离家出走偷偷上岸
一辆公交
每天驶向不同的终点站
一个爱美的三角形
瘦没了棱角变成圆
一叠薄薄的黑白报纸
盛着成吨的斑驳谎言
所以，一双盲眼
足以看清人间

你的秘密

你打了一个嗝
里边有韭菜味的秘密
你说秘密挤满了你的身体
害你胖了不止十斤
有的秘密融进血里
在心脏扬起一阵又一阵潮汐
有的秘密吃进胃里
穿过大肠小肠变成屁

有的秘密循着声音
从无心的嘴滑入有心的耳

那一次醉酒
你说在等一个人的消息
五年前，她把秘密交给你
到现在，她成了你最大的秘密
也许是明天
也许又五年
迎着迟来的春风
所有的秘密将无所遁形

无神论者

出于对名利的渴望
他向神虔诚祈祷
请赐予他能发现真正财富的眼光

后来他发现自己能看见
百里外的父亲皱巴巴的脸
等到饭菜凉透的妻女落寞的眼
抽屉里体检报告上一整页的风险
和落满尘灰的昔日好友的信件
却开始看不清
最爱的账单、股票和基金
保险柜里整齐码着的黄金
以及女秘书媚眼里的暧昧不明
他认为自己的眼睛坏了
接着，他辗转求医

接着，他咒骂神灵

这就是
他成为无神论者的经过

花　茶

一边怀着慈悲心
一边把花朵干枯的尸体
泡进杯里
企图复原她生前的美丽

杯壁的假花兀自绽放
杯里的真花再次死去
世界滚烫

如果你愿放下排毒养颜的幻想
屏住呼吸
也许能听见
几声来自地底的渺远的抽泣

杀死一朵花和杀死一个人
哪个罪过更深？

一场梦

二十六年前
舅娘去保健院引产
拿掉多余的第三个女儿
我妈好心全程陪伴
当医生催她用火钳
把胎儿夹进盛满胎儿的垃圾桶
她好像看见
小小一只
来不及学语的青紫色的茄子

在当晚的梦里
在病房的门外
有个小小的女孩在使劲推
我妈开门想劝她快走开
她却死死抱住我妈的腿
直到梦醒
也没有松手

不久，我妈有了孕事
舅娘隐隐感觉是女儿
六分笃定，四分歉疚
让她没敢说出口
后来，我妈有了我，也只有我
舅娘有了现在的"三"女儿

十几年前，我妈发现
我的神似三表姐的侧脸

让她想起那场梦
好像没有做完
又好像已经做完

当我听说这段往事后
时常悼念
那段没能来到人世的前世
时常庆幸
这段可以做她女儿的今生

图书在版编目（ＣＩＰ）数据

山湖集.2020年卷 / 王键，阿毛主编. -- 武汉：
长江文艺出版社，2021.4
ISBN 978-7-5702-1484-6

Ⅰ. ①山⋯ Ⅱ. ①王⋯ ②阿⋯Ⅲ. ①诗集－中国－
当代 Ⅳ. ①I227

中国版本图书馆 CIP 数据核字（2020）第 262189 号

责任编辑：谈　骁　　　　　责任校对：毛　娟
封面设计：川　上　　　　　责任印制：邱　莉　　王光兴

出版：长江出版传媒 | 长江文艺出版社
地址：武汉市雄楚大街 268 号　　　　邮编：430070
发行：长江文艺出版社
电话：027—87679360
http://www.cjlap.com
印刷：湖北新华印务有限公司

开本：640 毫米×970 毫米　　　1/16　　　印张：20.75　　　插页：4 页
版次：2021 年 4 月第 1 版　　　　2021 年 4 月第 1 次印刷
行数：8038 行

定价：46.00 元